हिन्द पॉकेट बुक्स

महापुरुषों के साथ

सेठ गोविन्ददास भारत के स्वतंत्रता संग्राम सेनानी, सांसद तथा हिन्दी के साहित्यकार थे। उन्हें साहित्य एवं शिक्षा के क्षेत्र में सन 1961 में पद्म भूषण से सम्मानित किया गया था। भारत की राजभाषा के रूप में हिन्दी के वे प्रबल समर्थक थे। सेठ गोविन्ददास हिन्दी के अनन्य साधक, भारतीय संस्कृति में अटल विश्वास रखने वाले, कला-मर्मज्ञ एवं विपुल मात्रा में साहित्य-रचना करने वाले, हिन्दी के उत्कृष्ट नाट्यकार ही नहीं थे, अपितु सार्वजनिक जीवन में अत्यन्त स्वच्छ, नीति-व्यवहार में सुलझे हुए, सेवाभावी राजनीतिज्ञ भी थे।

महापुरुषों के साथ

सेठ गोविन्ददास

हिन्द पॉकेट बुक्स
पेंगुइन रैंडम हाउस इम्प्रिंट

हिन्द पॉकेट बुक्स

यूएसए। कनाडा। यूके। आयरलैंड। ऑस्ट्रेलिया। सिंगापुर
न्यू ज़ीलैंड। भारत। दक्षिण अफ्रीका। चीन

हिन्द पॉकेट बुक्स, पेंगुइन रैंडम हाउस ग्रुप ऑफ़ कम्पनीज़ का हिस्सा है,
जिसका पता global.penguinrandomhouse.com पर मिलेगा

पेंगुइन रैंडम हाउस इंडिया प्रा. लि.,
चौथी मंजिल, कैपिटल टावर -1, एम जी रोड,
गुड़गांव 122 002, हरियाणा, भारत

पेंगुइन
रैंडम हाउस
इंडिया

प्रथम हिन्दी संस्करण हिन्द पॉकेट बुक्स द्वारा 1968 में प्रकाशित
यह हिन्दी संस्करण हिन्द पॉकेट बुक्स में पेंगुइन रैंडम हाउस द्वारा 2022 में प्रकाशित

10 9 8 7 6 5 4 3 2

ISBN 9789353493325
मुद्रकः रेप्रो इंडिया लिमिटेड

www.penguin.co.in

MIX
Paper from responsible sources
FSC www.fsc.org FSC® C047271

This is a legitimate digitally printed version of the book and therefore might not have certain extra finishing on the cover.

निवेदन

गत चालीस वर्षों के सार्वजनिक जीवन में देश के जिन राजनैतिक, साहित्यिक तथा अन्य क्षेत्रों में कार्य करनेवाले महानुभावों से मेरा थोड़ा-बहुत सम्पर्क आया उनमें से कुछ की स्मृतियां इस 'महापुरुषों के साथ' नामक पुस्तक में संगृहीत हैं। यह पुस्तक 'स्मृति-कण' नामक मेरी पूर्व-प्रकाशित पुस्तक का संक्षिप्त संस्करण है। ये स्मृतियां-मात्र हैं; मेरे मन पर इन महानुभावों के व्यक्तित्व और कार्यों का जो प्रभाव पड़ा उसकी स्मृतियां-मात्र ; उनकी समस्त जीवनी नहीं और न उनके सम्पूर्ण जीवन का सिंहावलोकन। यह भी न समझा जाए कि देश के इस काल के सभी महत्‌जनों का 'महापुरुषों के साथ में उल्लेख है। जिनका इस पुस्तक में उल्लेख हुआ है उनमें से भी कुछ महानुभावों से अधिक महत्त्व रखनेवाले कुछ लोग छूट गए होंगे। परन्तु, जैसा ऊपर कहा गया है इस पुस्तक में वे ही लोग आए हैं, जिनसे मेरा किसी न किसी प्रकार का सम्बन्ध रहा है।

मैंने इन स्मृतियों में जिन व्यक्तियों को लिया है उनके यदि कोई दोष अथवा उनमें कुछ कमियां भी मेरे देखने में आई हैं तो उनका भी इन स्मृतियों में उल्लेख कर दिया गया है। इस विवेचन में सम्भव है कई विचारक मुझसे सहमत न हों, परन्तु ऐसे मामलों में मतभेद की सदा गुंजाइश रहती है और लेखक को अपनी ही राय का अनुसरण करना पड़ता है। फिर इस विश्व में ऐसा व्यक्ति ही कौन है जिसमें कोई न कोई दोष और कोई न कोई कमी न हो। अपने में ही मुझे दोषों और कमियों

का भण्डार दीख पड़ता है, जिसका विवेचन मैंने अपनी आत्मकथा में, जो 'आत्मनिरीक्षण' के नाम से प्रकाशित हुई है, कुछ विस्तार से करने का प्रयत्न किया है। निर्दोष और परिपूर्ण तो केवल ब्रह्म ही है, उसके अवतार तक नहीं, जिसकी हम कल्पना किया करते हैं।

इन स्मृति-कणों में से अधिकांश हिन्दी के प्रसिद्ध दैनिक 'नवभारत टाइम्स' में और हमारे प्रदेश के प्रसिद्ध दैनिक 'नवभारत' में धारावाहिक रूप से प्रकाशित हो चुके हैं। इन्हें जिन्होंने पढ़ा उनमें से सैकड़ों ही सज्जनों के मुझे पत्र मिले ; अधिकांश के सराहना के और कुछ के भर्त्सना के भी। मैं दोनों का ही अनुगृहीत हूं कि उन्होंने मुझे अपनी राय तो भेजने की कृपा की, जैसा हिन्दी-साहित्य के प्रकाशनों के सम्बन्ध में क्वचित् ही होता है। मैं 'नवभारत टाइम्स' के सुयोग्य सम्पादक श्री अक्षयकुमारजी जैन और 'नवभारत' के कर्मठ सम्पादक श्री रामगोपालजी माहेश्वरी का अत्यन्त अनुगृहीत हूं कि उन्होंने इन स्मृति-कणों को अपने पत्रों में प्रकाशित करने की कृपा की।

—गोविन्ददास

क्रम

लोकमान्य तिलक	9
महात्मा गांधी	13
गुरुदेव रवीन्द्रनाथ ठाकुर	24
महामना मालवीय	32
पंजाब-केसरी लाला लाजपतराय	37
कायदेआज़म मुहम्मदअली जिन्ना	43
देशबंधु दास	49
पं० मोतीलाल नेहरू	55
चक्रवर्ती राजगोपालाचार्य	64
आचार्य विनोबा भावे	67
डॉ० राजेन्द्रप्रसाद	73
पं० जवाहरलाल नेहरू	80
नेताजी सुभाषचन्द्र बोस	90
सरदार वल्लभभाई पटेल	97
राजर्षि टण्डन	102
मौलाना आज़ाद	107
श्रीमती सरोजिनी नायडू	112
डॉ० राधाकृष्णन	115

लोकमान्य तिलक

गोस्वामी तुलसीदासजी ने रामचरितमानस के अपने वर्षा-वर्णन में लिखा है—"हरित भूमि तृन संकुल समुझि परहि नहिं पंथ।" और मेघों से आच्छादित आकाश की यदि अंधेरी रात हो तब तो जब यह हरित भूमि ही दीख न पड़े तब पंथ दीखने का तो प्रश्न ही कहां? परन्तु, यदि ऐसे अवसर पर कुछ सेकंड बिजली की चमक कौंध उठे तो फिर उस चमक में क्षण-मात्र के लिए वह हरित भूमि दीख जाती है और यदि उसमें तृनसंकुल से ढकी हुई कुछ पगडंडियां हों तो वे भी झलक जाती हैं। युवावस्था में सम्पन्नता की वर्षा के कारण खूब हरा-भरा था मेरा जीवन। परन्तु, विलास-रूपी काले-काले मेघों से मेरे जीवन का निर्मल आकाश आच्छादित था। जीवन किस प्रकार चलाया जाए उसका पंथ मुझे नहीं सूझ रहा था। ऐसे ही समय बिजली की कौंध की चमक के सदृश सन् 1916 में कुछ ही समय के लिए मुझे लोकमान्य के दर्शन हुए। न उसके पहले मैंने लोकमान्य को देखा था और न उसके बाद ही उन दर्शनों का सौभाग्य प्राप्त हो सका। परन्तु, बिजली के सदृश एक बार की उस कौंध ने स्पष्ट नहीं तो अस्पष्ट रूप से मुझे मेरे जीवन का पथ दर्शा दिया।

सन् 1916 में लखनऊ में कांग्रेस का वह ऐतिहासिक अधिवेशन हुआ था जिसमें नरम दल और गरम दल दोनों दलों के नेता एकत्रित हुए थे। इस अवसर पर लखनऊ जाते हुए अथवा वहां से लौटते हुए लोकमान्य जबलपुर में ठहरे थे। जबलपुर में एक साने नामक महाराष्ट्र

रहते थे। लोकमान्य उन्हींके यहां ठहरे। लोकमान्य की सवारी के लिए मेरे ताऊ दीवान बहादुर वल्लभदासजी ने दो घोड़े की एक बग्घी नियुक्त की। इस बग्घी का ज़िक्र यहां इसलिए कर रहा हूं कि आगे चलकर यह घटना कुछ रंग लाई थी। उस समय लोकमान्य का भाषण जबलपुर की अलफखां की तलैया नामक स्थान पर हुआ था और उसी समय से इस स्थान का नाम जबलपुर में तिलक-भूमि पड़ा। श्री साने के यहां मैंने लोकमान्य के दर्शन किए और जब मेरा परिचय देकर मुझे उनके पास ले जाया गया तथा मैंने उनके चरण स्पर्श किए उस समय अन्यों की अपेक्षा मेरी ओर कुछ अधिक मुखातिब हो लोकमान्य ने मेरी पीठ पर हाथ रखकर मुझे आशीर्वाद दिया। मुझे वह घटना आज भी जैसी की तैसी स्मरण है और इस घटना से जो स्फूर्ति मुझे मिली वह जीवन-भर मेरे लिए एक संबल के तुल्य रही। मैंने तिलक-भूमि में जाकर उनका भाषण भी सुना, परन्तु उस समय ध्वनि-विस्तारक यन्त्र ईजाद नहीं हुआ था। उस समय को देखते हुए उस सभा में भीड़ भी काफी थी। कुछ हल्ला-गुल्ला भी था। तिलक काफी धीरे बोलते थे और कुछ अटक-अटककर भी। फिर मेरा ध्यान उन्हें देखने में अधिक व्यस्त था, उनका भाषण सुनने में नहीं। इसलिए मुझे यह ज़रा भी याद नहीं है कि उन्होंने अपने भाषण में क्या कहा था।

गेहुआं रंग, न ठिगना और न ऊंचा तथा न दुबला और न मोटा शरीर, देखने में ज़रा भी आकर्षक नहीं। सिर पर मराठी पगड़ी, ऊपर के शरीर पर मराठी ढंग का अंगरखा और उसपर दुपट्टा। अंगरखे के नीचे धोती और पैरों में मराठी ढंग के लाल चप्पल। जिस प्रकार सूरत-सीरत अनाकर्षक उसी प्रकार वेशभूषा भी। परन्तु, उस व्यक्तित्व की पृष्ठभूमि में विद्वत्ता, देश की स्वाधीनता के युद्ध की लड़ाई और 'स्वराज्य मेरा जन्मसिद्ध अधिकार है,' यह महान् और आदर्श सिंहनाद

वाला वाक्य जो था। जीवन के इस महान इतिहास की आभा उनके आनन पर विराजती थी, अत्यधिक गम्भीर मुद्रा जिसमें मुस्कराहट तक का कोई स्थान नहीं।

लोकमान्य तिलक के लिए न जाने अब तक कितना लिखा जा चुका है और न जाने भविष्य में कितना लिखा जाएगा। यहां मैं यह सब करने नहीं बैठा हूं, मेरा उस एक दिन के अतिरिक्त उनसे कोई सम्बन्ध भी नहीं रहा, जिसपर और कुछ लिखा जा सके। हां, उस बग्घीवाली बात का अन्त में कुछ उल्लेख कर देता हूं।

उस समय अंग्रेज़ सरकार के अफसर छोटी-छोटी बातों पर भी बड़ा ध्यान रखा करते थे। किसी सरकारपरस्त व्यक्ति का तिलक के सदृश गरम दल के क्रान्तिकारी नेता के लिए अपनी बग्घी देना ! मेरे ताऊजी से इसके लिए कैफियत तलब की गई। वे सर-कारपरस्त होते हुए भी राष्ट्रीय भावनाओं वाले थे। उन्होंने स्पष्ट लिख दिया—"आतिथ्य-सत्कार हमारी परम्परा है। हम यह बिना किसी भेद के करते हैं। एक तरफ आने और जानेवाले सरकारी अफसरों को हम गार्डन पार्टियां देते हैं, नर्मदा-स्नान के लिए आने वाले राजा-महाराजाओं, रईसों आदि को अपना मेहमान बनाते हैं उसी प्रकार चूंकि लोकमान्य तिलक का इस देश में एक विशिष्ट स्थान है और उनके जबलपुर आने पर उनके लिए हमसे बग्घी मांगी गई, हमने इसमें कोई आपत्ति न समझ उन्हें बग्घी दी। यदि अंग्रेज़ सरकार इसे आपत्तिजनक समझती है तो जो वह उचित समझे उस कार्रवाही को करने का उसे अधिकार है।" उस समय एक सरकारपरस्त पदवीधारी का अंग्रेज़ अफसरों को इस प्रकार का उत्तर एक विशेष बात थी। लोकमान्य के दर्शन से मुझे जो स्फूर्ति मिली थी, उसे मेरे ताऊजी के इस उत्तर ने और बढ़ा दिया।

अब मेरा जीवन गोस्वामी तुलसीदासजी के निम्नलिखित दोहे के

सदृश चल पड़ा—

"भूमि जीव संकुल रहे गए सरद रितु पाइ।
सदगुरु मिले जाहिं जिमि संसय भ्रम समुदाइ॥"

परन्तु इस सबका यथार्थ श्रेय किसको है ? लोकमान्य तथा उन्हींके सदृश महान व्यक्तियों को।

लोकमान्य तिलक का भारत के आधुनिक इतिहास में अद्वितीय स्थान रहेगा।

महात्मा गांधी

अभी जब मेरे साहित्य और भाषण, लेख आदि के पूरे संस्करण की योजना बनी और उसका सम्पादन हुआ तब मैंने देखा कि सन् 1921 के अपने एक भाषण में मैंने कहा था कि भारत में भगवान बुद्ध के पश्चात् और संसार में महात्मा ईसा के बाद गांधीजी के सदृश किसी महापुरुष ने जन्म नहीं लिया। मुझे नहीं मालूम कि इसके पूर्व किसीने यह कहा था या नहीं। हां, बाद में तो अनेक लोगों के इस प्रकार के कथन मिलते हैं। सन् 1921 में मेरे इस कथन का क्या कारण था इसपर जब मैं विचार करने लगा तब मुझे जान पड़ा कि गांधीजी के सार्वजनिक क्षेत्र में इस प्रकार उदय होने के सिवा इसका व्यक्तिगत कारण भी था। मैं एक सम्पन्न अंग्रेज़ी राज्य के भक्त कुटुम्ब में पैदा हुआ और उसी वायुमण्डल में बड़ा किया गया। परन्तु, ऐसा कुटुम्ब धार्मिक भावनाओं से भी ओत-प्रोत था। सन् 1920 में जब देश और देश की प्रमुख राजनैतिक संस्था कांग्रेस के नेतृत्व की बागडोर महात्मा गांधी के हाथ में आई और उन्होंने अंग्रेज़ी राज्य के विरुद्ध 1857 के पश्चात् पहला सक्रिय आन्दोलन असहयोग के रूप में आरम्भ किया उस समय उनके इस कथन के बावजूद भी कि देश को एक वर्ष के भीतर स्वराज्य मिल जाएगा, स्वराज्य कहीं दिखाई न देता था। पढ़े-लिखे, सम्पन्न राजभक्त लोग तो गांधीजी तथा उनके कार्यक्रम का मजाक उड़ाते थे। सारी पृष्ठभूमि जलियांवाले बाग की थी जिसमें सर हरकिशनलाल के सदृश व्यक्तियों को उनकी जायदादें ज़ब्त कर फांसी

की सज़ा हुई थी। ऐसे समय मेरे कुटुम्ब के सदश कुटुम्ब के किसी व्यक्ति का गांधीजी और कांग्रेस के साथ आना बिना किसी महान प्रेरक की प्रेरणा के कठिन ही नहीं सर्वथा असम्भव था। ऊपर कहा गया है कि मेरा कुटुम्ब सम्पन्नता और राजभक्ति के साथ धार्मिक भावनाओं से भी ओत-प्रोत था। गांधीजी ऐसे सार्वजनिक नेता थे जो जितने राजनैतिक थे उतने ही धार्मिक भी। उनसे मुझे और मेरे सद्दश व्यक्तियों को जो प्रेरणा प्राप्त हुई उससे एकाएक मेरे मन में उठा कि ऐसे महापुरुष का जन्म इस देश में बुद्ध और संसार में ईसा के पश्चात हुआ ही नहीं।

गेहुएं रंग का ठिगना-सा दुबला-पतला किन्तु अस्थियों में तगड़ा-सा शरीर। मुख पर कोई सौन्दर्य नहीं, विचित्र-से कान, पर कैसा तेज विराजता था महात्मा गांधी के आनन पर। फिर हर बात में उनका निरन्तर विकास होता जाता था और इस विकास के लिए नाना प्रकार के तजुर्बे। पहले गांधीजी बहुत स्वस्थ नहीं रहते थे और जो शरीर स्वस्थ नहीं, वह कर ही क्या सकता है। अतः शरीर को स्वस्थता के लिए उन्होंने भोजन के क्षेत्र में नाना प्रकार के प्रयोग किए। ये प्रयोग और इन प्रयोगों के साथ उपवास अन्त तक चलते रहे। धीरे-धीरे उनका शरीर इतना स्वस्थ हो गया कि विरले व्यक्तियों का ही होगा। स्वस्थ शरीर बिना स्वस्थ मन के बेकाम। अतः मानसिक दृष्टि से उन्होंने शरीर को स्वस्थ करने के बहुत पहले ही अपने को पवित्र बना लिया था। परन्त, मानसिक दृष्टि से उनमें, उनकी मृत्यु तक बराबर विकास होता रहा है। उनके चलाए हुए आन्दोलन इन आन्दोलनों में दिए गए भाषण और लिखे हुए लेख इसके प्रमाण हैं। वस्त्र मनुष्य ही धारण करता है, अन्य कोई प्राणी नहीं अतः मानव-समाज में पोशाक का बड़ा महत्त्व है। गांधीजी के मानसिक विकास और कार्य के अनुरूप उनकी पोशाक में निरन्तर परिवर्तन होता रहा। इस प्रकार हम देखते हैं कि गांधीजी

का बाह्य और अन्तरंग दोनों अन्त तक किस प्रकार बदलते रहे और विकास करते रहे। यों तो सृष्टि में सदा परिवर्तन होता ही रहता है, परिवर्तन ही सृष्टि का नियम है। स्थायित्व नहीं। अतः जीवन में मनुष्य का सतत परिवर्तन होता ही है। यह परिवर्तन कभी जीवन को उन्नत करता है और कभी अवनत। किसी का भी जीवन बिना परिवर्तन के नहीं रहता, परन्तु, गांधीजी के जीवन में जैसा विकासोन्मुख परिवर्तन होता रहा है, वैसा विरल व्यक्तियों के होता है।

गांधीजी इस देश के ही नहीं संसार के उन अवतारी महापुरुषों में थे जिनमें विचार और कृति का अद्भुत मिश्रण रहता है। मनुष्य सृष्टि का सर्वश्रेष्ठ प्राणी इसलिए है कि निसर्ग ने जो ज्ञान-शक्ति मनुष्य को दी है वह अन्य किसी प्राणी को नहीं। गांधीजी से भी कहीं बड़े ज्ञानी और विद्वान व्यक्ति इस संसार और इस देश में हुए हैं। गांधीजी के जीवन-काल में भी दुनिया में और इस देश में उनसे कहीं अधिक ज्ञानी और विद्वान व्यक्ति जीवित थे। परन्तु आदर्शवाद को सम्मुख रखते हुए उस आदर्श स्थिति तक पहुंचने के लिए व्यावहारिक विचारधारा की जैसी उत्पत्ति उनके मानस से होती थी वैसी उनके काल में किसीमें भी देखने को नहीं मिली और फिर उस आदर्श स्थिति तक पहुंचने के लिए इस व्यावहारिक विचारधारा के साथ उनकी कृति होती थी। उनकी कृति के सदृश कृति भी इस काल में नहीं देखी गई। इस प्रकार ज्ञान और कर्म का उनमें अद्भुत और अद्वितीय मिश्रण था।

मानव की तीन प्रधान एषणाएं (इच्छाएं) रहती हैं—वित्तेषणा, पुत्रेषणा, लोकेषणी। तीसरी एषणा सबसे पवित्र मानी जाती है। परन्तु, स्थितिप्रज्ञ और गुणातीत के लिए तीनों एषणाओं पर विजय आवश्यक ही नहीं, अनिवार्य है। बिना इस विजय के कोई मोक्ष प्राप्त करना तो दूर, मुमुक्षु तक नहीं हो पाता। गांधीजी तृतीय एषणा से कितनी दूर तक

मुक्त थ इसका विवेचन तो कोई समर्थ मनोवैज्ञानिक ही कर सकता है, परन्तु, कम से कम इतना तो स्पष्ट है कि व्यक्तिगत स्वार्थ के सदृश कोई भी वस्तु गांधीजी में नहीं रह गई थी। उनका व्यक्तित्व देश और संसार का व्यक्तित्व हो गया था। देश और संसार की समस्याएं और उन समस्याओं का हल ही उनकी स्वयं की समस्याएं और उनकी स्वयं की समस्याओं का समाधान था। ऐसे व्यक्ति का व्यक्तिगत स्वार्थ हो ही क्या सकता है ? व्यक्तिगत स्वार्थ का उन्मूलन क्या मानव-जीवन में छोटी बात है ? दुनिया में कितने व्यक्ति इसे कर पाए हैं ? व्यक्तिगत स्वार्थ ही जीवन के समस्त संघर्षों की जड़ है।

गांधीजी ने शाश्वत सत्य को पहचाना था और उनकी विचारसरणि तथा कृतियां उसी सत्य के आधार पर थीं। यह सत्य की खोज कोई नई खोज नहीं थी। हमारे ऋषि-महर्षियों, तत्त्ववेत्ताओं, सन्तों और भक्तों ने हज़ारों वर्ष पूर्व इस सत्य की खोज कर ली थी। उन्होंने इस सत्य को खोजकर इस सत्य की घोषणा की थी कि यथार्थ में यह समस्त सृष्टि एक ही तत्त्व है। हमारे वेद और वेदान्त साहित्य में इस घोषणा को विभिन्न प्रकार से व्यक्त किया गया है। वेद-वाड;मय के जो तीन सूत्र बहुत प्रसिद्ध हैं उनमें इस सत्य का बड़ा सुन्दर विवेचन है। वे सूत्र हैं—'अहं ब्रह्मास्मि' अर्थात् मैं ब्रह्म हूं ; 'तत्त्वमसि' अर्थात् तुम भी वही हो ; 'सर्वं खल्विदं ब्रह्म' अर्थात् समस्त ब्रह्म है। चारवाक् को छोड़ हमारे सब ऋषि, महर्षि और तत्त्ववेत्ता इस तत्त्व को चैतन्य मानते थे। संसार के आज के तत्त्ववेत्ता और वैज्ञानिक भी इसके आगे नहीं जा पाए हैं। इनमें से कुछ इस तत्व को चैतन्य मानते हैं और कुछ जड़। परन्तु यथार्थ में यह सृष्टि एक ही तत्त्व है इसमें किसीका मतभेद नहीं है। गांधीजी का सत्य भी यही सत्य था और इस सत्य के जानने के पश्चात् अहिंसा तो आपसे आप आ जाती है। यदि मैं वही हूं जो तुम और तुम वही हो जो

मैं और समस्त सृष्टि वही है जो तुम और मैं तो मनुष्य अपनी हिंसा तो नहीं करता, फिर वह सृष्टि में किसीकी हिंसा कर सकता है ? गांधीजी ने न जाने कितने बार कहा और लिखा है कि उनके अन्य कथन तो काल के अनुसार परिवर्तनशील हैं, पर सत्य और अहिंसा नहीं। इस सत्य को जानने और इस सत्य के अनुरूप कृति करने के निश्चय के पश्चात् यह द्वन्द्वों से भरा हुआ कठिन जीवन गांधीजी के लिए अत्यन्त सरल हो गया। उन्होंने जीवन में कठिन से कठिन कार्य किए, पर जैसी सरलता से वे उन कठिनतम कार्यों को भी कर सके वैसी सरलता से मनुष्य सरल से सरल कार्य भी नहीं कर पाता। इसीलिए उनके लिए साध्य और साधन में कोई अन्तर नहीं था। जितना महत्त्व वे साध्य को देते थे उतना ही साधन को। फिर इस सत्य और उसके अनुरूप कृति का उन्होंने जीवन के हर क्षेत्र में प्रयोग किया ; चाहे वह धार्मिक क्षेत्र हो, चाहे साहित्यिक, चाहे सामाजिक, चाहे राजनैतिक और चाहे अन्य कोई। इसीलिए हम देखते हैं कि उनका प्रभाव इस देश के जीवन के हर क्षेत्र पर पड़ा है। कोई भी तो जीवन का ऐसा क्षेत्र नहीं जो उनसे प्रभावित न हुआ हो और उनका जो प्रभाव भारतीय जीवन पर पड़ा वही अब समस्त संसार के जीवन पर किस प्रकार पड़ रहा है इसे मैं कुछ समय पूर्व ही दुनिया के प्रायः समस्त देशों में घूमकर देख आया हूं।

मुझे गांधीजी के सर्वप्रथम दर्शन हुए बनारस हिन्दू विश्वविद्यालय के शिलान्यास के समय। उसके थोड़े ही दिन पूर्व गांधीजी दक्षिणी अफ्रीका में अपने प्रयोगों को सफल कर भारतवर्ष लौटे थे। दक्षिणी अफ्रीका के उनके कार्यों के कारण भारतवर्ष में वे काफी प्रसिद्ध हो चुके थे। मुझे उनके दर्शन उस प्रसिद्ध सभा में हुए जिस सभा का सभापतित्व दरभंगा के महाराजा रामेश्वरसिंह कर रहे थे, जिस सभा में उस समय के अनेक राजा-महाराजा उपस्थित थे और जिस सभा

में श्रीमती एनी बेसेण्ट के साथ गांधीजी का वाक्-युद्ध हो पड़ा था। इस वाक्-युद्ध के फलस्वरूप उस सभा में काफी हो-हल्ला मचा तथा उपस्थित राजा-महाराजा मय सभापति के चम्पत हो गए। गांधीजी की जीवन-घटनाओं में इस सभा की काफी चर्चा हो चुकी है। अतः उस सम्बन्ध में यहां कुछ लिखना मेरा उद्देश्य नहीं है।

बनारस हिन्दू विश्वविद्यालय के शिलान्यास के पश्चात् मुझे गांधीजी के दर्शन हुए सन् 1920 के नागपुर कांग्रेस के अधिवेशन में। जब मैंने बनारस में उनके दर्शन किए थे तब मुझे इस बात की कल्पना तक न थी कि सन् 1920 के असहयोग आन्दोलन के समय मैं भी उनका एक छोटा-सा अनुयायी होकर कांग्रेस में सम्मिलित हो जाऊंगा और मेरा आगे का सारा जीवन कांग्रेस संस्था के ही एक स्वयंसेवक के रूप में बीतेगा। नागपुर कांग्रेस के बाद तो मैं गांधीजी के निकट सम्पर्क में आ गया और उसके पश्चात् उनकी मृत्यु तक उनके सम्पर्क की कितनी बातें मुझे याद आया करती हैं। यद्यपि राजनैतिक क्षेत्र में मेरा सबसे अधिक सम्बन्ध मोतीलालजी नेहरू से रहा, गांधीजी से भी अधिक, परन्तु राजनैतिक क्षेत्र में आने की प्रेरणा तो मुझे बापू के आदर्शों, सिद्धान्तों और उनके जीवन से ही मिली थी।

गांधीजी में व्यक्तियों के निकट-सम्पर्क में आने और उन्हें अपने व्यवहार से अपने निकट खींचने की जैसी क्षमता थी शायद अन्य किसी व्यक्ति में नहीं। इसीलिए वे जितने व्यक्तियों को बनाने और अपने निकट लाकर देश के कामों में जुटाने में समर्थ हो सके उतना अन्य कोई भी नेता नहीं। अपने इस महान गुण के कारण उन्होंने मिट्टी के आदमियों को सोने का बना दिया और अपने कट्टर से कट्टर विरोधियों के भी हृदय परिवर्तन कर उन्हें अपना मित्र, साथी और अनुयायी बनाया। दक्षिणी अफ्रीका में यही हुआ और भारत में भी यही। उन्होंने देश और संसार के समष्टि के

जीवन में ही क्रान्तिकारी परिवर्तन नहीं किए, परन्तु व्यष्टि के जीवन में भी। और इस परिवर्तन में वे मानव-मन की कमज़ोरियों को भी जानते थे, उन्हें सहानुभूतिपूर्वक समझते थे और उन्हें सहन तक करते थे। कमज़ोरियों के कारण कोई व्यक्ति निकम्मा है यह वे मानते ही न थे तथा जितनी दूर तक भी जिससे लोकोपकार का काम लिया जा सकता था, लेते थे। इसीलिए जैसा ऊपर कहा गया है, मिट्टी के पुतलों को भी वे सोने के मानव बना सके। उनका व्यक्तियों से सार्वजनिक सम्बन्ध ही न रहता था, सार्वजनिक सम्बन्ध से भी कहीं अधिक व्यक्तिगत सम्बन्ध रहता था। कितने व्यक्तिगत झगड़े वे निपटाते थे। कितने व्यक्तिगत काम उनके आश्रम में हुआ करते थे ; सगाई, शादी-ब्याह क्या-क्या ! अपने निकट सम्पर्क रखनेवालों को वे सदा अपने हाथ से पत्न लिखते थे। मुझे याद नहीं पड़ता कि मुझे उन्होंने कभी किसी दूसरे से पत्न लिखवाकर भेजा हो। फिर लोगों के दुःख-सुख में वे कैसे काम आते थे। रोगियों का स्वास्थ्य पूछने स्वयं जाते थे। एक बार जब बनारस हिन्दू विश्वविद्यालय के एक उत्सव में वे वर्धा से काशी जा रहे थे, तब जबलपुर इसलिए रुके कि मेरा आपरेशन हुआ था और मुझे देखने वे स्वयं जबलपुर के विक्टोरिया अस्पताल आए। व्यक्तिगत सेवा-सुश्रूषा भी वे कितनी किया करते थे। आश्रम में कोढ़ियों के घाव धोते और उनकी मरहमपट्टी करते। और इस सारे कार्य के लिए उन्हें अवकाश भी मिल जाता। इसके दो प्रधान कारण थे—घड़ी के कांटे के सदृश उनकी दिनचर्या चलती, एक क्षण भी वे निरर्थक न खोते। जो लोग प्रायः कहा करते हैं जीवन कितना व्यस्त है, दम मारने की फुर्सत नहीं, मारे काम के मरा जाता हूं, कहां अवकाश, कहां फुर्सत। ऐसे लोगों को मैं ढोंगी समझता हूं। गांधीजी को लिखने-पढ़ने, अखबारों का सम्पादन करने, सभाओं में जाने, भाषण देने, लोगों से मिलने-जुलने, उनके व्यक्तिगत काम करने, झगड़े निपटाने, स्वयं हाथ से पत्न लिखने, रोगियों की सेवा-सुश्रूषा करने

और नित्यप्रति नियम से सूत कातने आदि-आदि न जाने कितने तथा कितने प्रकार के काम करने का अवकाश मिल जाता था।

मुझे अपने से सम्बन्ध रखनेवाली उनकी कितनी बातें याद आया करती हैं। पहले मैं कोट पहना करता था। जब मैंने कोट छोड़कर केवल कुरता पहनना आरम्भ किया और पहले-पहल केवल कुरता पहनकर उनसे मिलने गया तब मुझे सिर से पैर तक देखकर बोले, "तुमने कोट पहनना छोड़कर बहुत अच्छा किया, इस देश में फिज़ूल कपड़ा बर्बाद करना ठीक नहीं।" मुझे आश्चर्य हुआ कि जो बापू देश और संसार की बड़ी से बड़ी समस्याओं पर विचार किया करते हैं तथा उनके हल निकालने का प्रयत्न, वे बापू कौन क्या पहनता है, इस तरफ भी ध्यान रखते हैं। जब मैंने सन 1932 में अपनी कौटुम्बिक संपत्ति से त्यागपत्र दिया तब मेरे सामने जीविका चलाने का प्रश्न आया। चूंकि तब तक मैं नाटककार हो गया था और फिल्म-व्यवसाय काफी आमदनीवाला रोज़गार माना जाता था अतः सन् 1934 में मैंने एक 'आदर्श चित्र' नामक फिल्म कम्पनी बनाई। जीविका चलाने के अतिरिक्त इसका एक उद्देश्य और था, वह यह कि अच्छे फिल्म बनाकर समाज की भावनाओं को बदलना। मैं प्रवासी भारतवासियों की समस्याओं में भी बहुत अनुराग लेता था और उस समय की केन्द्रीय व्यवस्थापिका सभाओं में प्रवासी भारतीयों की समस्याओं पर चर्चा भी बहुत किया करता था। अतः विभिन्न देशों के प्रवासी भारतीय व्यक्तियों तथा संस्थाओं से भी मेरा सम्बन्ध हो गया था। इन संस्थाओं में से पूर्वी और दक्षिणी अफ्रीका की कांग्रेस से भी मेरा सम्बन्ध था और उन्होंने मुझे प्रवासी भारतीयों की स्थिति की जानकारी के लिए अफ्रीका आने का निमंत्रण भेजा। अफ्रीका के भारतीय काफी धनवान हैं। अतः मैंने सोचा कि एक पंथ दो काज हो जाएंगे। मैं वहां के प्रवासी भारतीयों

की स्थिति का अध्ययन भी कर आऊंगा और अपनी आदर्श फिल्म कम्पनी के कुछ शेयर भी भरवा लाऊंगा। परन्तु, चूंकि गांधीजी का दक्षिण अफ्रीका से निकट का सम्बन्ध रह चुका था अतः मैंने उनकी आज्ञा बिना अफ्रीका जाना उचित नहीं समझा। मैं वर्धा जाकर उनसे मिला। यह बात सन् 1937 की है। मैंने बापू से अपना अफ्रीका जाने का उद्देश्य बताया। पहले तो बापू कुछ सोच में पड़ गए और सोचते-सोचते बोले कि यह परमार्थ और स्वार्थ दोनों काम साथ-साथ कैसे होंगे! जब मैंने उनसे यह कहा कि यदि मैं जा सकता हूं तो दोनों कामों के लिए अन्यथा आप कहें तो मैं न जाऊं। तब फिर कुछ सोचते हुए बापू ने मुझे जाने की आज्ञा दे दी। जब मेरे अफ्रीका से लौटने पर मेरे कुछ विरोधियों ने कांग्रेस के नेताओं से यह कहा कि मैंने अफ्रीका जाकर अपनी सार्वजनिक स्थिति का लाभ उठा अपनी कम्पनी के शेयर भराए हैं तब बापू ने ही मेरी रक्षा की और कहा कि मैं उनसे अफ्रीका जाने और वहां दोनों ही काम करने की इजाज़त लेकर गया था। इस प्रकार उन्होंने न जाने अपने कितने अनुयायियों की रक्षा की थी। अपनी पैतृक संपत्ति से त्यागपत्र देने के पश्चात् मैं राजा गोकुलदास महल में नहीं रहता था। चौदह वर्ष मैं जबलपुर में एक किराये के मकान में रहा। मेरे पिताजी के अन्तिम समय में उन्होंने अनुरोध किया कि उनके बाद मुझे अपनी वृद्धा माताजी के पास रहना चाहिए। मुझे इस बात का सदा दुःख, और थोड़ा नहीं अत्यधिक दुःख बना रहता है कि पिताजी के इस अनुरोध का मैं उनकी जीवितावस्था में कोई उत्तर न दे सका। मैंने उनसे इतना ही कहा कि इस विषय पर मुझे गांधीजी से परामर्श करना पड़ेगा। अंत उन्हें समय मेरे इस उत्तर से निराशा भी कम नहीं हुई। यह बात है सन् 1946 की। मैंने जब बापू से यह सारा हाल कहा तो उन्होंने ज़ोर देकर मुझे यह आज्ञा दी कि तुम्हें पिताजी

की अंतिम इच्छा के अनुसार अब ज़रूर अपनी माताजी के पास राजा गोकुलदास महल में ही रहना चाहिए। जेल में रहते हुए भी वे अपने अनुयायियों का कितना ध्यान रखते थे। सन् '32 में जब मेरी पत्नी की भयानक बीमारी के कारण सरकार ने मुझे जेल से छोड़ा तब मेरी पत्नी के स्वास्थ्य की जानकारी के लिए उन्होंने यरवदा जेल से पत्र भेजा था। बाद में तो उन्होंने मेरी पत्नी को अपनी गोद ली हुई पुत्री के सदृश मान लिया और इस सम्बन्ध में जब मेरी पत्नी ने उन्हें यह लिखा था कि मुझे यह बात अच्छी न लगी कि मुझे तो उन्होंने पुत्रवत् नहीं माना पर तुम्हें पुत्रीवत्। तब गांधीजी ने मेरी पत्नी को एक बड़े मज़े की बात लिखी—"लड़के पिता से अधिकार के लिए लड़ते हैं। पर लड़कियां नहीं। इसलिए किसीको पुत्रवत् मानने में विचार करना पड़ता है। हां, गोविन्ददास इससे परे हो सकते हैं क्योंकि उन्होंने तो अपनी पैतृक संपत्ति भी छोड़ दी है।"

इस पैतृक संपत्ति छोड़ने का हाल भी बापू को मालूम हो गया था और इसपर भी उन्होंने यरवदा जेल से ही मुझे साधुवाद भेजा था। इस देश तथा संसार में न जाने कितने लोगों को बापू की इस प्रकार की अगणित बातें याद होंगी और याद आती रहती होंगी। परन्तु, इस प्रकार के व्यक्तिगत सम्बन्धों के बावजूद भी गांधीजी समष्टि को व्यष्टि से कहीं ऊंचा मानते थे और यदि समष्टि के लिए व्यष्टि का किसी प्रकार का भी बलिदान वे आवश्यक समझते थे तो इस सम्बन्ध में वे कोमलता या मृदुता को पास में भी न फटकने देते थे। उनकी इस प्रकार की वृत्ति के कारण भगवान राम के सम्बन्ध में कही हुई महर्षि वाल्मीकि की इस उक्ति का स्मरण हो आता था—"वज्रादपि कठोराणि मृदूनि कुसुमादपि।" उनके जीवन की इस प्रकार की अनेक घटनाएं हैं जिनमें उन्होंने समष्टि के लिए व्यष्टि का बलिदान किया है। इस विषय की सबसे बड़ी घटना नेताजी

सुभाषचन्द्र बोस के सम्बन्ध में घटित हुई। ऊपर कहा गया है कि बापू साध्य और साधन दोनों को समान दृष्टि से देखते थे। बापू के और सुभाष बाबू के साध्य में कोई अन्तर नहीं था और बापू सुभाष बाबू को बड़े से बड़ा देशभक्त भी मानते थे; उनका और सुभाष बाबू का व्यक्तिगत सम्बन्ध भी अत्यन्त निकट का था, पर जब उन्हें उनके मत से सुभाष बाबू के साधन समष्टि के लिए उचित नहीं जान पड़े तब उन्होंने सुभाष बाबू के सदृश व्यक्ति का भी कांग्रेस से निष्कासन कराया।

ऐसे इस युग के संसार के अवतारी युगपुरुष बापू को जब गोली लगी और उस गोली से उनका निधन हुआ उस समय भी मैं दिल्ली में ही था। कितने विचार, कितनी भावनाएं उठ रही थीं उस समय मेरे मन में उनके शव को देखते हुए। मैं बार-बार सोचता, क्या ऐसे पुरुष का यही अन्त उचित था ? मैं वल्लभ सम्प्रदाय का हूं और भगवान श्रीकृष्ण मेरे इष्ट हैं। बापू के शव को देखते हुए जब-जब मेरे मन में यह बात उठती तब-तब मुझे भगवान श्रीकृष्ण का इसी प्रकार का अन्त भी स्मरण आता। उनका भी किसी व्यक्ति के बाण द्वारा निधन हुआ था। जो इस जगत् में आया है उसे एक न एक दिन इस जगत् से जाना अवश्यम्भावी है, इस संसार में मृत्यु से अधिक निश्चित अन्य कोई बात नहीं। मैं समझता हूं महात्मा गांधी के सदृश महान पुरुष का इससे अच्छा अन्त संभव ही न था। इस प्रकार मरकर वे और बड़े हो गए, अमर हो गए।

गुरुदेव रवीन्द्रनाथ ठाकुर

रवीन्द्रनाथ ठाकुर यद्यपि प्रधानतया महाकवियों की संज्ञा में आते हैं तथापि उन्हें गुरुदेव कहा जाता था, इसका कारण यह था कि उन्हें महाकवि होते हुए भी शिक्षण का कार्य अत्यन्त प्रिय था। उन्होंने आरम्भ में जिस शान्ति निकेतन की स्थापना की तथा बाद में उसी शान्ति निकेतन को विश्व-भारती का रूप दिया, वह एक शैक्षिक संस्था थी और वहां का सारा वायुमण्डल ऋषि-महर्षियों के प्राचीन ढंग के आश्रमों से कुछ मिलता-जुलता था। रवि ठाकुर की आकृति, उनके सिर के लम्बे बाल और मुख पर की मूंछों के साथ लम्बी दाढ़ी तथा शान्ति निकेतन और विश्व-भारती के उस प्रकार के वायुमण्डल में उनके निवास तथा शिक्षा के उस प्रकार के कार्य के कारण उनका मिलान प्राचीन काल के ऋषि-महर्षियों से किया जाता था, परन्तु मेरी दृष्टि से यह मिलान ठीक नहीं है। गुरुदेव रवीन्द्रनाथ ठाकुर के सिर के बड़ी सुन्दरता से संवारे हुए बालों का ऋषि-महर्षियों के जटाजूट से कोई मिलान नहीं हो सकता और न उनकी संवारी हुई व्यवस्थित दाढ़ी-मूंछों से। फिर रवि बाबू की वेशभूषा भी उस काल के ऋषि-महर्षियों से सर्वथा भिन्न थी। उनकी पोशाक बहमूल्य से बहुमूल्य वस्त्र की होती थी, गले से लेकर ऐड़ी तक लम्बा एक विशेष प्रकार का चोगा, ढीला पाजामा और बड़ी ऊंची टोपी। वे शिक्षक थे इसमें संदेह नहीं पर मूलतः वे कवि, गायक और नट थे। शान्ति निकेतन और विश्वभारती का ऋषि-महर्षियों के आश्रमों से कुछ मिलान अवश्य हो

सकता है, पर उन आश्रमों में जो तप का वायुमण्डल रहता था उसके स्थान पर यहां है प्रधानतया कला का। यहां के विद्यार्थियों की आकृति तथा वेशभूषा भी उन पुराने आश्रमों के विद्यार्थियों की आकृति और ब्रह्मचारियों की मेखला एवं कौपीन वाली वेशभूषा के सद्दश नहीं वरन् उनकी आकृति और वेशभूषा भी प्रधानतया कलात्मक रहती है ; सिर पर संवारे हुए लम्बे बाल और दाढ़ी-मूंछें मुंडी हुई। रवि ठाकुर का स्वरूप, उनकी वेशभूषा, उनकी कविता, उनका गान और स्वरचित नाटकों में अभिनय के कारण उनका मिलान यथार्थ में प्राचीन काल के ऋषि-महर्षियों से न होकर प्राचीन काल के किसी महान गन्धर्व या विद्याधर किन्नर से ही किया जा सकता है और शान्ति निकेतन तथा विश्व-भारती का मिलान किसी गन्धर्व या विद्याधर या किन्नर की किसी ऐसी रंगशाला से जिसमें शिक्षा का भी प्रबन्ध हो।

मैंने महाकवि के सर्वप्रथम दर्शन कलकत्ता में उन्हीं के नाटक के एक अभिनेता के रूप में किए थे। किस वर्ष में किए थे और उनके किस नाटक में, यह मुझे अब स्मरण नहीं है, परन्तु इसे एक बहुत लम्बा समय बीत गया। यह मैं इसलिए कह सकता हूं उस समय रवीन्द्र बाबू के कुछ केश काले थे। कैसा भव्य रूप ! वह रूप दर्शन करते ही नेत्रों में एकदम समा-सा गया। फिर तो मैंने उन्हें कई बार कई रूपों में देखा। आगे चलकर उनका और मेरा एक समय बहुत निकट का सम्बन्ध भी हुआ। मैं भारत में ही नहीं भारत के बाहर भी संसार के प्रायः सभी देशों में घूम आया हूं। विविध प्रकार के व्यक्तियों से मिला हूं, परन्तु रवि ठाकुर के भव्य और दिव्य रूप के सदश रूप मैंने कहीं नहीं देखा। खूब लम्बा पूरा भरा हुआ शरीर, एकदम गौर वर्ण, सिर पर लम्बे बाल, खुब लम्बी दाढ़ी और मूंछें। उनके चेहरे में सबसे अधिक आकर्षक थे उनके कमल-दल-लोचन। बालों की सफेदी वृद्धावस्था की द्योतक है

और वृद्धावस्था सौन्दर्य की नाशक मानी जाती है, परन्तु कवीन्द्र रवीन्द्र के श्वेत केशों ने उनके सौन्दर्य को कहीं अधिक बढ़ा दिया था और सिर के ये लम्बे केश तथा वक्षस्थल तक फैली हुई दाढ़ी ने उनके सौन्दर्य में महान भव्यता भर दी थी। फिर इस रूप के साथ कैसी थी उनकी वाणी ! उनकी वाणी में जो महान मधुरता थी, केवल कविता-पाठ इत्यादि के समय ही नहीं, परन्तु साधारण से साधारण बातचीत तक में, वैसी मधुर वाणी भी मैंने कहीं किसी को भी नहीं सुनी।

मानव सृष्टि का सर्वश्रेष्ठ प्राणी है; परन्तु मानवों में जो श्रेष्ठतम कहे जा सकते हैं, ऐसे विरले व्यक्ति ही होते हैं, फिर जो आकृति और गुण दोनों ही दृष्टियों से श्रेष्ठतम हों ऐसे तो क्वचित् ही सुने और देखे जाते हैं। ये दोनों बातें निसर्ग द्वारा तो प्राप्त होती ही हैं पर मानव भी इनका विकास करता है। हमारे यहां जिन श्रेष्ठतम अवतारी व्यक्तियों का वर्णन है जैसे राम, कृष्ण, बुद्ध आदि, उनके स्वरूप और सगुण दोनों की ही विशेषताओं पर हमें न जाने कितने वर्णन मिलते हैं। इन दोनों बातों से सम्पूर्ण व्यक्तित्व का निर्माण होता है और ऐसा व्यक्तित्व अन्यों पर प्रधानतया दो ज्ञानेन्द्रियों के द्वारा अपना प्रभाव डालता है—चक्षु इन्द्रिय द्वारा और श्रवणेन्द्रिय द्वारा। जब ऐसे किसी व्यक्तित्व के आंखें दर्शन करती हैं और ऐसे व्यक्तित्व की वाणी को यदि वह मधुर रस से ओत-प्रोत हो, कान सुनते हैं तो मन मुग्धावस्था को पहुंच जाता है। रवीन्द्र बाबू का वह मोहक स्वरूप और वाणी मन को मुग्ध कर देती थी। निसर्ग ने उन्हें स्वरूप और गुण दोनों ही दृष्टियों से महान बनाया था ; फिर उन्होंने स्वयं इन दोनों बातों का पूर्णतम विकास किया था। ऐसे व्यक्तित्व केवल बौद्धिक जीव ही नहीं रहते, न केवल नैतिक आचरण वाले। केवल बौद्धिक गुण शुष्कता ले आते हैं। निरी नैतिकता बहुधा अच्छाई का भयानक रुख दिखाती है। रवि ठाकुर बुद्धिवादी नहीं थे यह नहीं कहा जा सकता, वे अनैतिक थे, यह कौन कह

सकता है, परन्तु बुद्धिवादिता में जो शुष्कता रहती है, नैतिकता में जो भयानकता, उनके स्थान पर रवि बाबू में थी—रसिकता और मधुरता। यह इस प्रकार पराकाष्ठा को पहुंच गई थी कि उनका सारा व्यक्तित्व इसका मूर्तिमन्त रूप बन गया था ; अत्यधिक प्रेमल और अत्यधिक आकर्षक।

कवीन्द्र रवीन्द्र की प्रतिभा सर्वतोमुखी थी। उन्होंने कविता की है, कहानियां लिखी हैं, नाटक निर्मित किए हैं, उपन्यास रचे हैं और निबन्ध लिखे हैं, परन्तु उनके साहित्य का पूर्ण विकास प्रथम दो माध्यमों द्वारा हुआ है—कविता और कहानी। फिर कितनी विविधता है उनके साहित्य में, शायद ही किसी लेखक का 'केनवास' इतना विस्तीर्ण हो। रवि ठाकुर का साहित्य किसी देश और काल का साहित्य नहीं है, वह साहित्य है समस्त विश्व का और सब कालों का। यह नहीं है कि उसमें देश और काल की छाया न पड़ी हो। ऐसा साहित्य तो असम्भव कल्पना है, परन्तु भारतीय होते हुए भी वह संसार की मानवता से सम्बन्ध रखता है और अपन काल से प्रभावित होते हुए भी चिर-समस्याओं सम्बन्धी सन्देश देता है। प्यासी मानवता के लिए वह खारा समुद्र न हो क्षीरसागर है। मानव के दुखों के निवारणार्थ रवि ठाकुर समाज की कोई कट या तीखी आलोचना कर अपने साहित्य द्वारा व्याख्यान नहीं देते, पर जो कुछ कहते हैं मानव की निर्बलताओं को अत्यन्त सहानुभूतिपूर्वक देखते हुए कलात्मक ढंग से इसका रस-स्रोत बहाते हुए। फिर उनका कथन उस देवदूत के सदश जान पड़ता है जो मानव के सामाजिक बन्धनों में जकड़ा हुआ नहीं है ; उनसे कुछ दूर है, कुछ हटा हुआ; पर इतनी दूर और इतना अधिक हटा हुआ भी नहीं कि निस्पृह हो जाए ; सहानुभूति और हर प्रकार के लगाव से भी सर्वथा रहित। मुक्ता प्राप्त करने के लिए, मक्ता प्राप्त करनेवालों को समुद्र की अत्यधिक गहराई में बैठने के पश्चात् ही मुक्ता प्राप्त होते हैं। रवि बाबू के साहित्य से जान पड़ता है कि उस साहित्य का रचयिता पहले

मानव-समाज रूपी समुद्र के गहरे से गहरे स्थल तक पहुंचता है। वहां उसने अच्छे से अच्छे मोती ढूंढे हैं और उस गहराई से बाहर निकलने के पश्चात् उन मोतियों पर सुन्दर पालिश कर, उन्हें बेध, उनका सुन्दर हार पिरोया है। उनका साहित्य ऐसी मनोदशा में रचा हुआ जान पड़ता है जो मनोदशा उसी मन की हो सकती है, जो मन छोटे-से शरीर में रहते हुए भी अपने को समस्त सृष्टि में व्याप्त अनुभव करे। इसीलिए उनके साहित्य में अत्यधिक व्यापकता है और इस व्यापकता के साथ-साथ महान् सहिष्णुता तथा अद्भुत सहानुभूति। फिर यह साहित्य तर्क पर आश्रित न हो श्रद्धा पर आश्रित है। यह श्रद्धा किसी प्रकार के अन्धविश्वासों की श्रद्धा नहीं है, पर ऐसी श्रद्धा है जो अनित्य और अस्थाई वस्तुओं से परे नित्य और स्थाई वस्तु पर ही रह सकती है। व्यापकता के व्योम में उनके साहित्य की जो समीर बहती है वह उस स्नेह से सराबोर रहती है जिसमें किसी प्रकार की क्षुद्रता का कोई स्थान ही नहीं रहता। वह मानव-मन पर नेह के नीर की वृष्टि करती है। जो वृष्टि सब प्रकार की क्षुद्रता को बहा देती है। रवि ठाकुर के साहित्य में किसी प्रकार के सिद्धान्त की कट्टरता या हठधर्मी अथवा वाद-विवाद नहीं मिलेगा। रवीन्द्र की अपील किसी विशिष्ट वस्तु के निर्माण करने के लिए किसी तरह का प्रोपेगेंडा नहीं है, वह है मानवता को हर दृष्टि से सच्चा मानव बनाने और उसे ऊंचा उठाने की। कविसम्राट का इस प्रकार का साहित्य इसलिए हो सका कि उनके आस्तिक और आशावादी मन को मानव की निर्बलताएं निराशा से आच्छादित नहीं कर पाईं। उनके मन का आशावादी अरुण निराशा के इस कुहरे को सदा विध्वंस करता रहा। मानवता में उनका विश्वास सदा अडिग रहा। और यही विश्वास जीवन के पथ में विघ्न-बाधाओं की परवाह किए बिना, बिना किसी प्रकार की रुकावट के बढ़ते जाने की प्रेरणा देनेवाले साहित्य की उनके द्वारा रचना करा सका।

जैसा ऊपर कहा है गुरुदेव से मेरा निकट का सम्पर्क भी रहा है, यह सन् 1940 में। उन दिनों के इस सम्पर्क को विस्मृत कर सकना मेरे लिए जीवन में कठिन ही नहीं असम्भव है। घटना इस प्रकार घटित हुई। सन् 1939 में जबलपुर के निकट त्रिपुरी में कांग्रेस का अधिवेशन हुआ। इस अधिवेशन की स्वागत-समिति का मैं अध्यक्ष था। नेताजी सुभाषचन्द्र बोस गांधीजी की इच्छा के विरुद्ध इस अधिवेशन के सभापति चुने गए थे और कांग्रेस के अखिल भारतीय नेतृत्व में एक बहुत बड़ा झगड़ा खड़ा हो गया था। सुभाष बाबू बीमारी की हालत में ही इस अधिवेशन का सभापतित्व करने त्रिपुरी आए थे। इस बीच कुछ अखिल भारतीय नेताओं के मुख से मैंने ऐसी बातें सुनीं जिनसे मेरा मन ग्लानि से भर गया। एक महानुभाव तो यहां तक कह बैठे कि सुभाष बाबू की बीमारी सच्ची बीमारी न होकर राजनैतिक बीमारी है। त्रिपरी कांग्रेस के बाद मैं कांग्रेस का सदस्य तो बना रहा, पर इस ग्लानि के कारण कांग्रेस के पदों को छोड़ कुछ रुपया कमाने की धुन में कलकत्ता आया। जब मैं कलकत्ता के पाट और शेयर बाज़ार में काम कर रहा था उस समय कलकत्ता के कुछ साहित्यकारों से भी सम्पर्क हुआ और हम लोगों ने निश्चय किया कि कलकत्ता में एक हिन्दी रंगमंच स्थापित किया जाए। इस रंगमंच के लिए प्रथम नाटक मेरा ही चुना गया, इसका नाम था 'हिंसा या अहिंसा'। इस नाटक के उद्घाटन के लिए गुरुदेव से निवेदन करने का निर्णय हुआ और यही प्रसंग मेरे उनके निकट आने का बना।

गुरुदेव उस समय अपने कलकत्ता के निवास-स्थान पर ही ठहरे हुए थे। जब उनसे इस नाटक के उद्घाटन के विषय में निवेदन किया गया तब अत्यन्त विनम्र भाव से जो कुछ उन्होंने मुस्कराते हुए कहा वह उनकी महानता के साथ उनकी अत्यधिक विनम्रता का भी द्योतक था। उन्होंने कुछ इस प्रकार कहा--"जिस वस्तु को मैंने न देखा हो और न

सुना उसके उद्घाटन को यदि मैं स्वीकृत न कर सकूं तो यह मेरी धृष्टता तो नहीं मानी जानी चाहिए।"

तय पाया कि चार दिन तक नित्य तीन बजे अपराह्न में वे मेरे नाटक के चारों अंकों को सुनेंगे और तब यह निर्णय होगा कि वे उसका उद्घाटन कर सकेंगे या नहीं।

दूसरे दिन ठीक तीन बजे मैं रवि बाबू के निवास-स्थान पर पहुंचा। महाकवि मेरा नाटक सुनने के लिए तैयार थे। वे एक आरामकुर्सी पर लेट गए और उनके निकट मैं एक अन्य कुर्सी पर बैठ उन्हें नाटक सुनाने लगा। जहां तक मुझे याद है इस नाटक के प्रथम अंक के सुनाने में मुझे कोई चालीस मिनट लगे। इन चालीस मिनटों में कविसम्राट ने एक शब्द भी नहीं कहा और अत्यन्त ध्यान से वे उस नाटक को सुनते रहे। यदि उनके नेत्र खुले न रहते तो मैं समझता कि वे सो गए हैं। हर साहित्यकार अपनी किसी भी कृति को किसीको भी सुनाने के समय यह आशा करता है कि कहीं न कहीं तो दाद मिलेगी, पर वह न मिली। मैंने आशा की थी कि अंक पूरा होने पर गुरुदेव कुछ कहेंगे, वह आशा भी पूरी नहीं हुई। नाटक का पहला अंक पूर्ण होने पर वे कोई पन्द्रह-बीस मिनट मुझसे अन्य विविध विषयों पर बातें करते रहे, पर उस नाटक के सम्बन्ध में एक शब्द नहीं।

शेष तीन दिन भी इसी प्रकार निकले और चौथे दिन नाटक पूर्ण हुआ। हर दिन गुरुदेव मुझसे अन्य अनेक विषयों पर बात करते, पर मेरे नाटक पर नहीं, और हर दिन मेरा अधैर्य बढ़ता जाता। जब नाटक पूरा हो गया तब गुरुदेव अपनी आरामकुर्सी पर उठकर बैठ गए और जो कुछ उन्होंने कहा उससे मुझे ज्ञात हुआ कि गुरुदेव अपने निकट आनेवालों को केवल यथेष्ट समय ही नहीं देते पर पूर्ण प्रोत्साहन भी देते हैं। उन्होंने कुछ इस प्रकार कहा—"मैं प्रधानतया कवि हूं और आप प्रधानतया

आलोचक ; पर आपके क्षेत्र की किसी भी उच्चतम कृति से आपके नाटक का मिलान किया जा सकता है। मैं सहर्ष उसका उद्घाटन करूंगा।”

उस समय के अपने हर्ष का मैं शब्दों द्वारा वर्णन नहीं कर सकता। मैंने सजल नेत्रों से गद्गद मुद्रा में उनके चरणों का स्पर्श किया। गुरुदेव उन व्यक्तियों में नहीं थे जो अपने चरण स्पर्श कराने में किसी प्रकार की झिझक रखते हैं। वे चरण स्पर्श करने वालों की भावनाओं को समझते थे। अपने दोनों कर-कमल उन्होंने मेरे सिर पर रख मुझे आशीर्वाद दिया और मुझे विश्व-भारती में आकर कुछ समय तक रहने और अपने कुछ और नाटक सुनाने का निमंत्रण भी दिया। उन्होंने यह भी कहा कि विश्व-भारती में वे मेरे कुछ और नाटक भी खिलवाएंगे।

कांग्रेस के पदों को छोड़कर जब मैं कलकत्ता गया था उस समय यह कहकर गया था कि यदि स्वाधीनता के लिए कोई सत्याग्रह संग्राम छिड़ा तो मैं पुनः लौट आऊंगा अतः उसी समय व्यक्तिगत सत्याग्रह आ गया और कलकत्ता के रंगमंच का आयोजन स्थगित हो गया। वह कवीन्द्र की अनुमति लेकर ही किया गया था। परन्तु उस बीच रवीन्द्र बाबू से मेरे जो सम्भाषण हुए उनसे मुझे जान पड़ा कि लेखन में ही नहीं सम्भाषण में भी गुरुदेव किस प्रकार अद्वितीय थे। उनके सम्भाषण से जान पड़ता था कि किसी विश्वकोष को अत्यधिक मधुर भाषणशक्ति मिल गई है, जिसमें दो और महान गुणों को सम्मिश्रण हो गया है—एक कभी न बुझने-वाला आशावाद और दूसरा कभी असफल न होनेवाला बल।

मैं नहीं समझता कि विश्व में फिर से किसी ऐसे व्यक्ति का प्रादुर्भाव होगा।

महामना मालवीय

उस दुबले-पतले बूढ़े शरीर में इतनी शक्ति कहां से आई यह प्रश्न ऐसा कोई व्यक्ति न था जिसके मन में महामना पं० मदनमोहन मालवीय के दर्शन करते ही न उठता हो। गांधीजी भी माटे-ताज़े न थे, पर उनके शरीर में एक तगड़ापन था, मालवीयजी तगड़े न होकर नाज़ुक थे। गौर वर्ण और जैसा रंग गोरा था वैसे ही बाल सफेद हो गए थे। निसर्ग ने जो कुछ दिया था वह श्वेत था और फिर उन्होंने अपने को बाह्य और आन्तरिक दोनों ही ढंग से शुभ्र बना लिया था। मैंने मालवीयजी को कभी भी किसी भी रंग के कपड़े पहने नहीं देखा, चाहे जाड़ा हो या गरमी, सफेद बाला बरदार अंगरखा, अंगरखे के नीचे अधिकतर सफेद पाजामा, और कभी-कभी धोती भी। अंगरखे के ऊपर सफेद दुपट्टा और सिर पर सफेद साफा। ओवरकोट भी वे सफेद फलालेन का ही पहनते थे। सिर पर सफेद चन्दन की टिकली लगाते थे। दुपट्टा लेने और साफा बांधने का ढंग भी निराला ही था। घड़ी किया हुआ लम्बा दुपट्टों, दुपट्टे के दोनों छोर घुटनों से भी नीचे तक और गले के चारों तरफ एक चौड़ी पट्टी के रूप में दुपट्टा गले से लिपटा हुआ। साफा भी छोटा-सा। जैसा दुबला-पतला नाज़ुक शरीर वैसी ही यह हल्की-सी वेश-भूषा। जान पड़ता कि किसी मोटे, भारी-भरकम कपड़े के वस्त्रों के बोझ को उनका नाज़ुक शरीर सहन करने में असमर्थ था। और जैसा उनका यह बाह्य सफेद था वैसा ही शुभ्र निष्कलंक मन और चरित्र भी। उन्हें देख पुराने ऋषि और महर्षियों का स्मरण हो

आता था। इसीलिए अनेक समाचारपत्रों ने उन्हें महर्षि की उपाधि से ही विभूषित कर दिया था। पर वे तो ऐसे विनम्र थे कि एक बार जब जबलपुर राष्ट्रीय हिन्दी मन्दिर के वार्षिकोत्सव का सभापतित्व करने पधारे तब हमने उन्हें जो मानपत्र दिया उसमें लिखे हुए महर्षि शब्द को जब तक उन्होंने कटवा न दिया तब तक उस मानपत्र को स्वीकृत नहीं किया। आर्य धर्म, आर्य संस्कृति, जो कुछ भी प्राचीन भारत में ग्राह्य था सबके महामना महान पूजक थे। इस ज़माने में उनसे बड़ा हिन्दू और उनसे बड़ा ब्राह्मण शायद कोई नहीं हुआ। हमारी संस्कृति में ब्राह्मण के जिन गुणों का वर्णन है, उनके वे मूर्तिमन्त रूप थे। वे अपने को सनातन धर्मावलम्बी कहते थे। अखिल भारतीय स्तर पर उन्होंने सनातन धर्म सभा स्थापित की थी। मन्दिरों पर अगाध श्रद्धा, मूर्तियों पर अनन्य भक्ति, गाय के प्रति परम पूजनीय भाव, देववाणी संस्कृत पर अत्यधिक अनुराग यह मालवीयजी का सनातन धर्म था। और उनका यह सनातन धर्म किसी अंधविश्वास पर अवलम्बित नहीं था। उन्होंने हिन्दू धर्मग्रन्थों का गहरा अध्ययन तथा मनन किया था एवं वे किसी न किसी धर्म ग्रन्थ का पाठ नित्य ही किया करते थे। उनका यह पाठ अधिकतर रेल में होता था। उस समय हवाई जहाज़ की यात्रा प्रचलित नहीं हुई थी। मालवीयजी को सार्वजनिक कामों के लिए निरन्तर रेल की यात्रा करनी पड़ती थी और रेल में उन्हें अध्ययन का काफी समय मिल जाता था। हिन्दू धर्म में जो बाह्य ढकोसले आ गए हैं उनपर उनका विश्वास न था इसीलिए हरिजनों को वे अस्पृश्य नहीं मानते थे। प्रयाग में त्रिवेणी के किनारे उन्होंने न जाने कितने बार स्वयं कथावाचक-कार्य कर हरिजनों को सत्यनारायण की कथा सुनाई थी और हरिजनों से वे गले मिले थे। विलायत-यात्रा भी उन्होंने एक बार की थी। हां, खाने-पीने के सम्बन्ध में वे बड़े कट्टर थे। अपने मालवीय

ब्राह्मणों के हाथ का ही बनाया भोजन वे करते थे। क्या-क्या किया उन्होंने हिन्दुओं के लिए।

दो ज़बर्दस्त भावनाओं का उनके मन पर साम्राज्य था। मानव की ज्ञान-शक्ति का शिक्षा द्वारा जो विकास होता है उस शिक्षा के प्रसार का सतत प्रयत्न और जिस गुलामी के कारण मानवोचित गुणों का ही लोप हो जाता है उस गुलामी से देश का छुटकारा। ये दो भावनाएं वृक्ष की दो शाखाओं के सदृश एक ही मूल से निकली थीं और वह जड़ थी देश-भक्ति। शिक्षा के लिए महामना ने कितने रचनात्मक कार्य किए। प्रयाग का हिन्दू बोर्डिंग हाउस इस क्षेत्र में उनका पहला बड़ा रचनात्मक कार्य था। एक दिन जब मैं प्रयाग में उनके साथ था, उन्होंने कहा हिन्दू विश्वविद्यालय की नींव का यह पहला पत्थर है। शिक्षा-क्षेत्र में उनका सबसे बड़ा कार्य हिन्दू विश्वविद्यालय है। उसके शिलान्यास के अवसर पर मैं भी काशी में मौजूद था। कार्य की अधिकता के कारण उस समय मालवीयजी बीमार हो गए, पर उस बीमारी की ज़रा भी परवाह न कर कैसे दत्तचित्त थे वे उस समय के समारोहों में। मेरे पिताजी पर उनका बड़ा स्नेह था और अनेक बार वे हमारे घर के मेहमान हो चुके थे। मैंने उनके अनेक बार दर्शन किए, उनके सम्पर्क में भी रहा, पर उतना प्रसन्न मैंने उन्हें कभी नहीं देखा जितने वे हिन्दू विश्वविद्यालय के शिलान्यास के अवसर पर थे।

देश के स्वतन्त्र करने के लिए भी उन्होंने क्या नहीं किया। देश को स्वाधीनता प्रदान कराने को जिस कांग्रेस संस्था का जन्म हुआ सदा से वे उस कांग्रेस में रहे। अनेक बार कांग्रेस के प्रस्तावों और कार्यक्रमों से उनका मतभेद भी हुआ, पर चाहे उन्होंने उन प्रस्तावों और कार्यक्रमों का कांग्रेस के मंच से और उसके बाहर भी विरोध किया हो पर वे कांग्रेस के बाहर कभी नहीं गए। सन् 1926 के चुनाव में उन्होंने कांग्रेस से अलग अपना एक दल बनाया, पर उन्होंने उस दल का नाम भी रखा स्वतन्त्र

कांग्रेस दल (Independent Congress Party)। उन चुनावों में उन्होंने कांग्रेस के अनेक उम्मीदवारों के खिलाफ अपने उम्मीदवार खड़े किए, पर सदा यह कहते रहे कि मैं कांग्रेसवादी हूं और मेरे उम्मीदवार भी कांग्रेस के हैं। उस समय काग्रेस में ऐसा अनुशासन नहीं था जैसा उसके बाद हुआ। अनुशासन की कार्यवाही कर उस समय लोग संस्था के बाहर भी नहीं निकाले जा सकते थे इसीलिए मालवीयजी यह सब कर सके। अपने ज़माने में वे सबसे पुराने कांग्रेसी थे और उस समय की केन्द्रीय धारा सभा इम्पीरियल कौंसिल के भी सबसे पुराने सदस्य। मैंने उनके हिन्दी और अंग्रेज़ी दोनों भाषाओं के भाषण सुने, दोनों ही भाषाओं में कैसे धारावाहिक रूप से वे बोलते थे, कभी-कभी तो जान पड़ता था उनका मन इतनी तेज़ रफ्तार से चलता है कि भाषण के शब्द उस रफ्तार के लिए बड़े ओछे पड़ते हैं। रौलट बिल पर उनका केन्द्रीय धारा सभा में जो भाषण हुणा वह लगातार कई दिनों तक चलता रहा।

मालवीयजी किसी दल के नहीं थे, न तो नरम दल के न गरम दल के। इसीलिए जब भी कोई समझौते के अवसर आते तब वे बड़े उपयोगी सिद्ध होते। परन्तु, किसी दल के न रहते हुए भी निसर्ग ने उनमें कठोर भावनाओं को भरा ही न था, इसीलिए वे उस समय देश में कोई राजनैतिक उथल-पुथल न कर सके और देश के सर्वमान्य नेता रहते हुए भी देश के किसी बड़े आन्दोलन का न तो संगठन कर सके और न उसका नेतृत्व। गांधीजी के पहले लोकमान्य तिलक ने देश का जो नेतृत्व किया उनसे भी मालवीयजी का बड़ा घनिष्ठ सम्बन्ध रहा। गांधीजी के हाथ में देश के नेतत्व की बागडोर आने पर गांधीजी के भी वे बड़े घनिष्ठ सम्बन्धी रहे। परन्तु, न लोकमान्य तिलक के साथ और न गांधीजी के साथ पूर्णतया रह सके। असहयोग आन्दोलन का तो उन्होंने आरम्भ में विरोध भी किया। महामना मालवीय महान देशभक्त थे,

गृहस्थ रहते हुए भी एक प्रकार के संन्यासी और सच्चे सन्त। रचनात्मक कार्य करनेवाले, विशेषकर शिक्षा-क्षेत्र में। उनके रचनात्मक कार्यों ने भी उनको क्रान्तिकारी आन्दोलनों के साथ नहीं रहने दिया। असहयोग आन्दोलन के साथ वे आरम्भ में इस लिए नहीं रहे कि उससे हिन्दू विश्वविद्यालय बर्बाद होता। जहां गांधीजी के रचनात्मक कार्यों ने उनके क्रान्तिकारी कार्यक्रमों को सहायता पहुंचाई वहां मालवीयजी के रचनात्मक कार्य उनके क्रान्तिकारी कार्यों में भाग लेने के मार्ग में रोड़ा बने। इसका कारण था। गांधीजी के अधिकांश रचनात्मक कार्य बहुत दूर तक इन कामों को करनेवालों पर निर्भर रहते। मालवीयजी के अधिकांश रचनात्मक कार्य बहुत दूर तक राजा-महाराजाओं, सेठ-साहूकारों और सरकारी सहायताओं पर। मालवीयजी तीन बार कांग्रेस के सभापति हुए, जेल भी गए पर किसी व्यापक आन्दोलन का अखिल भारतीय स्तर पर ही नहीं अपने प्रदेश या ज़िले अथवा नगर तक में नेतृत्व करने की क्षमता उनमें न थी।

जो व्यक्ति मालवीयजी के बहुत सन्निकट रहते थे और विशेषकर तरुण उन्हें वे सदा कोई न कोई उपदेश दिया करते थे। मुझे उनके ऐसे अनेक उपदेश स्मरण हैं, जो उन्होंने मुझे दिए थे। परन्तु, इन उपदेशों में जो एक मैं सबसे महत्त्वपूर्ण उपदेश मानता हूं वह तो मुझे नित्य ही याद आया करता है। एक बार उन्होंने कुछ इस प्रकार कहा—"गोविन्ददास, इस संसार में हर व्यक्ति लाइम लाइट (प्रकाश) में आना चाहता है, पर वह प्रायः भूल जाता है कि लाइम लाइट तो लाइट (प्रकाश) है अतः वह लाइट तो जैसा जो व्यक्ति होगा उसे वैसा का वैसा दिखा देगी, फूहड़ सुन्दर कैसे दीख सकता है। इसलिए मनुष्य को लाइम लाइट में आने की इच्छा के पूर्व अपने चरित्र को इस प्रकार का बनाना चाहिए कि वह लाइम लाइट में फूहड़ न दीखकर सुन्दर दीखे।"

पंजाब-केसरी लाला लाजपतराय

जिस समय संसार में ब्रिटिश साम्राज्य अपने क्षेत्रफल और शक्ति में सर्वोत्कृष्ट स्थिति में था और भारत उसके अधीन; उस समय भारत में एकाएक तीन शब्द सुनाई दिए—बाल, पाल और लाल। अनुप्रास से युक्त ये तीन शब्द तीन नामों के छोटे रूप थे। ये तीन नाम थे—बालगंगाधर तिलक, विपिनचन्द्र पाल और लाला लाजपतराय।

आगे चलकर लाला लाजपतराय को भारत की जनता ने पंजाब-केसरी की उपाधि से विभूषित किया।

लाला लाजपतराय पंजाब की जनता के सच्चे प्रतीक थे और इसीलिए उन्हें जो पंजाब-केसरी की उपाधि से विभूषित किया गया वह सर्वथा सार्थक हुआ।

गेहुआं रंग, ऊंचा-पूरा-तगड़ा शरीर, आनन और तन पर नाज़ुकता का लवलेश नहीं। पहले वे बड़ी-बड़ी मूंछें रखते थे, मूंछें उन्होंने मुंड़ाई तो कभी नहीं, पर धीरे-धीरे वे छोटी अवश्य हो। गईं। शरीर पर वे लम्बा कोट पहनते थे, शेरवानी नहीं। नीचे के अंग पर पतलून भी रहता था और पाजामा भी। सिर पर साफा बांधते थे, बाद में गांधी टोपी भी लगाने लगे थे। और जैसा भारीपन उनकी आकृति में था वैसी ही भारी थी उनकी आवाज़, जो अन्तःकरण की बड़ी/भारी देश-भक्ति से भीगी हुई निकलती थी। जिस समय लालाजी का उदय हुआ उस समय ध्वनि-विस्तारक यन्त्र (लाउडस्पीकर) नहीं निकला था, परन्तु उनकी आवाज़ इतनी बुलन्द थी कि हज़ारों की जनतावाली

सभा भी उसे भली भांति सुन सकती थी। जब लालाजी बोलते थे तब उनकी पंजाब-केसरी की उपाधि और सार्थक हो जाती थी। जान पड़ता था जैसे केसरी ही दहाड़ रहा हो। हजारों की भीड़ में बोलनेवाले लालाजी जब सन् 1925 में केन्द्रीय व्यवस्थापिका सभा के सदस्य हुए उस समय एक सौ चालीस सदस्यों की उस सभा में भी भाषण देते-देते वे इस बात को भूल जाया करते थे कि जहां वे बोल रहे हैं उस स्थान पर मुट्ठी-भर ही आदमी हैं। वहां भी वे तो उसी प्रकार की बुलन्द आवाज़ में बोलते थे जिस प्रकार बड़ी-बड़ी सार्वजनिक सभाओं में। चूंकि मैं भी उस समय सभा का सदस्य था अतः मुझे स्वयं इसका अनुभव है।

इस गरीब देश में मध्यम वर्ग के अधिकांश कुटुम्ब आर्थिक कष्टों में ही रहते हैं। लालाजी भी ऐसे ही कुटुम्ब में पैदा हुए, परन्तु आर्थिक अड़चनों के रहते हुए भी उनके पिता राधाकृष्णजी ने उन्हें एफ० ए० तक की शिक्षा दिलाई। उन दिनों एण्ट्रैंस के बाद वकालत करने के लिए एक मुख्तारी की परीक्षा होती थी। एफ० ए० के साथ ही लालाजी ने मुख्तारी की परीक्षा पास की और वे वकालत करने लगे। उनके पिता राधाकृष्णजी पर इस्लाम का बड़ा प्रभाव था। यहां तक कि उन्होंने कई बार मुसलमान तक होने का विचार किया। वे मुसलमान न हो पाए तो लालाजी की माता श्रीमती गुलाबदेवी के कारण। अनेक बार यह देखा गया है कि अपने ही कुटुम्ब की प्रचलित बातों की मन पर बड़ी तेज़ प्रतिक्रिया होती है। मुझे इसका व्यक्तिगत अनुभव है। लाजपतरायजी के मन में भी शायद उनके पिताजी की भावनाओं की प्रतिक्रिया हुई और बहुत शीघ्र वे आर्यसमाज में दीक्षित हो गए। पहले वे ब्रह्मसमाज में सम्मिलित हुए थे, पर ब्रह्मसमाज के प्रभाव में वे शायद बहुत दिन इसलिए नहीं रह सके कि ब्रह्म-समाज पर ईसाई धर्म का भी प्रभाव था और लालाजी पर ता उनके पिता की इस्लाम धर्म की

प्रवृत्ति की प्रतिक्रिया थी। जिस प्रतिक्रिया के कारण वे ऐसे ही धर्म में सम्मिलित हो सकते थे जो सर्वथा भारतीय हो तथा समाज-सुधारक। आर्यसमाज ऐसा ही धर्म था। बहुत थोड़े समय में वे आर्यसमाज के प्रमुख संचालक और समाज-सुधारक के रूप में प्रसिद्ध हुए। इसके थोड़े दिन बाद ही उन्होंने कांग्रेस में प्रवेश किया। उन दिनों कांग्रेस की सारी कार्रवाई अंग्रेज़ी भाषा में होती थी। जिन लालाजी की अंग्रेज़ी आगे चलकर इतनी अच्छी हो गई कि उन्होंने अनेक ग्रन्थ ही अंग्रेज़ी में लिखे उन्हीं लालाजी की अंग्रेज़ी उन दिनों बहुत ही बुरी थी। इसीलिए जब वे कांग्रेस में भाषण देने उठते और अंग्रेज़ी में बोलते तब अंग्रेज़ी के अखबार प्रायः लिखा करते : "Then rose the master of bad English"। भारतीय राजनीति में सन् 1905 के 'बंग-भंग' आन्दोलन में उनका विशिष्ट स्थान हुआ और इसीके फलस्वरूप सन् 1907 में उन्हें पहले-पहल अंग्रेज़ सरकार ने गिरफ्तार कर बर्मा के मंडाला में भेज दिया। इसके पहले सन् 1905 में वे विलायत भी हो आए थे। मंडाला में उन्हें वहां के एक किले में लगभग छः मास तक एकान्तवास में रखा गया। किले के इस एकाकी जीवन में एक विचित्र घटना घटी। एकांतवास के कारण उन्हें बिल्ली के दो बच्चों से बड़ा प्रेम हो गया। अपनी इस परिस्थिति में उन्हें अंग्रेज़ी के महाकवि बायरन का 'प्रिज़नर अफ चिलन' में लिखा गया बानी वार्ड का वह वर्णन याद आता था जिसमें बायरन ने लिखा है कि बानी वार्ड को कारागह से मुक्त होने पर मकड़ियों और चूहों की मित्रता भी याद आया करती थी।

सन् 1913 में वे कांग्रेस के एक प्रतिनिधिमण्डल के साथ फिर विलायत गए। वहां से अमेरिका और जापान भी। जापान से वे भारत लौटना चाहते थे, पर सन् 1914 में जब पहला विश्वव्यापी युद्ध छिड़ा तब लालाजी के सदश व्यक्ति को अंग्रेज़ सरकार कैसे भारत आने देती

अतः उन्हें भारत लौटने के लिए आज्ञा न मिली। वे पुनः अमेरिका लौट गए और सन् 1919 तक अमेरिका में रहे। अमेरिका में उनका निवास अधिकतर सेनफ्रांसिस्को में रहा अपने विश्व-भ्रमण के अवसर पर हाल ही में जब मैं अमेरिका गया और वहां से फ्रांसिस्को तब मुझे मालूम हुआ कि आज भी अमेरिका और फ्रांसिस्को में रहनेवाले भारतीय एवं अमेरिकन भी लाजपतराय को कितना याद करते हैं।

सन् 1919 में लालाजी भारत लौटे और सन् 1921 के कांग्रेस के कलकत्ता के उस अधिवेशन के, जिसमें गांधीजी का असहयोग का प्रस्ताव स्वीकृत किया गया था, वे अध्यक्ष चुने गए। कांग्रेस के इस अधिवेशन में लालाजी असहयोग के कार्यक्रम के विरुद्ध थे, परन्तु इसी वर्ष जब कांग्रेस का साधारण अधिवेशन नागपुर में हुआ तब असहयोग का जो प्रस्ताव देशबन्धुदास ने रखा उसका लालाजी ने समर्थन किया तथा असहयोग के कार्यक्रम में पूर्ण रूप से कार्य करना भी आरम्भ किया।

लाला लाजपतराय का और मेरा सन् 1921 में ही परिचय हुआ। इस परिचय के बाद मेरा उनसे घनिष्ठ सम्बन्ध तब हुआ जब वे सन् 1925 में केन्द्रीय व्यवस्थापिका सभा के सदस्य हुए। लालाजी में नेतृत्व के जो गुण मैंने देखे वे कम व्यक्तियों में रहते हैं। उनमें प्रखर तेजस्विता थी, अदम्य साहस, महान् निर्भीकता और बड़ी स्पष्टवादिता। इसी कारण अंग्रेज़ सरकार की उनपर बड़ी क्रूर दृष्टि रहती थी।

लालाजी का अपना एक दर्शन था। उन्होंने उसे अनेक बार व्यक्त किया है। वह कुछ इस प्रकार था—हिन्दुस्तान में यह विचार प्रचलित है कि आदमी का जीवन दुःखमय है और यह जीवन हमारे दुर्भाग्य का फल है। हम अगर इस जीवन से बच सकें तो इससे अच्छा और कुछ नहीं हो सकता। हमारे देश के लोगों की यह धारणा इतनी पक्की है कि

इसे मिटा देना आसान नहीं। ज़रूरत इस बात की है कि इस बात का ज़ोरों से प्रचार किया जाए कि यह जीवन ही सत्य है, साथ ही कीमती है और उत्साहपूर्वक इस जीवन की रक्षा करना तथा इसे सुखमय बनाना ही हमारा कर्तव्य है। लालाजी ने इसी दर्शन के आधार पर अपने सारे कार्य किए।

लालाजी एक सुयोग्य सम्पादक और लेखक भी थे। उन्होंने हिन्दी, उर्दू, अंग्रेज़ी तीनों भाषाओं में लिखा है। मिस मियो की 'मदर इण्डिया' नामक पुस्तक के उत्तर में भी उन्होंने एक पुस्तक लिखी थी, परन्तु यह कहे बिना नहीं रहा जा सकता कि उन्होंने जो कुछ भी लिखा वह सब सामयिक महत्त्व का था, स्थाई महत्त्व का वे कोई साहित्य नहीं रच सके।

अपने समय के ही नहीं, भारत के स्वतन्त्रता-संग्राम के लालाजी सबसे अग्रगण्य ऐतिहासिक नेताओं में एक थे। परन्तु यदि दो प्रथम श्रेणी के नेताओं में भी मतभेद हो जाए तो कभी-कभी उसका कैसा फूहड़ स्वरूप देखने को मिलता है यह मुझे ही नहीं, सारे देश को उस समय देखने को मिला जब सन् 1926 के चुनाव में लाजपतरायजी और मोतीलालजी नेहरू में मतभेद हुआ और लालाजी ने कांग्रेस के खिलाफ स्वतन्त्र कांग्रेस दल की संस्था का मालवीयजी के साथ निर्माण कर कांग्रेस दल के उम्मीदवारों के खिलाफ अपने उम्मीदवार खड़े किए। लालाजी उस समय जबलपुर भी पधारे थे। शायद उस समय के पहले और उसके बाद अन्य किसी अवसर पर उनका जबलपुर आना नहीं हुआ। इस चुनाव में केन्द्रीय व्यवस्थापिका सभा के लिए लालाजी पंजाब में दो जगह से खड़े हुए। दोनों जगह उनके खिलाफ मोतीलालजी ने कांग्रेस के उम्मीदवारों को खड़ा किया। लालाजी के एक ही जगह से खड़े न होकर दो जगह से खड़े होने का शायद यह

कारण था कि एक ही जगह से खड़े होने में उन्होंने उस समय कदाचित् जोखिम समझी। दोनों जगह ही लालाजी को प्रचण्ड बहुमत प्राप्त हुआ और उनके मुकाबले में

कांग्रेस के उम्मीदवार बड़ी बुरी तरह से हारे। लालाजी मुझपर काफी कृपा रखते थे और उन्हें यह भी मालम था कि इस चुनाव में कांग्रेस में रहते हुए भी मेरी हार्दिक सहानुभूति लालाजी के साथ थी। जब लालाजी सफल हो गए तब एक दिन दिल्ली में मुझसे उन्होंने कुछ इस प्रकार कहा—"गोविन्ददास, मैं ऐसे आदमी को कोई बहुत अच्छा आदमी नहीं समझता जिसका कोई विरोधी ही न हो। ऐसा आदमी या तो किसी तरह की दमखम रखनेवाला नहीं होता या वह अव्वल नम्बर का धोखेबाज़ होता है।"

सन् 1928 में साइमन कमीशन के आगमन के अवसर पर लाहौर में लालाजी पर जो डंडे बरसे वह एक ऐतिहासिक घटना है। इसी चोट के फलस्वरूप कुछ दिन बाद लालाजी का देहान्त हुआ। वे उन दिनों कहा करते थे, "हरएक लाठी जो मुझपर पड़ी है वह अंग्रेज़ी सरकार के कफन में कील का काम देगी।" इस प्रकार देश के स्वतन्त्रता-संग्राम का वह प्रखर तेजस्वी, अदम्य साहसी और महानिर्भीक सेनानी शहीद हो गया। लालाजी के सम्बन्ध में यह उक्ति सर्वदा चरितार्थ रहेगी

"शहीदों की मज़ारों पर लगेंगे हर बरस मेले,
वतन पर मिटनेवालों का यही बाकी निशां होगा।"

लालाजी की एक उक्ति सदा मुझे याद आया करती है—"अगर कोई ऐसा आदमी है जो अपनी जाति तथा देश की सेवा अपना कर्तव्य नहीं समझता तो उससे कह दो कि तुम्हें मनुष्य का शरीर तो मिला है, किन्तु तुम अभी मनुष्य नहीं बन पाए।"

कायदेआज़म मुहम्मदअली जिन्ना

अहंमन्यता का जैसा प्रत्यक्ष और मूर्तिमन्त रूप इस काल के सार्वजनिक जीवन में कायदेआज़म जिन्ना का रहा वैसा शायद किसी भी अन्य व्यक्ति का नहीं। जिन्ना साहब के सार्वजनिक रूप में ऐसे सैद्धान्तिक परिवर्तन हुए जैसे परिवर्तन भी शायद इस समय के किसी भी व्यक्तित्व में नहीं हुए। यों तो इस सृष्टि का नियम ही परिवर्तन है। परन्तु श्री जिन्ना के ये परिवर्तन व्यक्तिगत अहंमन्यता के कारण हुए हैं, प्राकृतिक कारणों से नहीं। सार्वजनिक जीवन में हम पहले-पहल श्री जिन्ना को राष्ट्रीय भावना-प्रधान व्यक्ति देखते हैं ; साम्प्रदायिकवादिता का कट्टर विरोधी और इसके साथ अंग्रेज सरकार का बड़े से बड़ा आलोचक। सन् 1920 तक वे इसी रूप में कांग्रेस में रहे। परन्तु ज्योंही कांग्रेस ने गांधीजी का असहयोग का कार्यक्रम स्वीकार किया, जो शब्दों तक सीमित न रहकर कुछ कृति चाहता था, त्योंही जिन्ना साहब ने कांग्रेस को छोड़ दिया। मैंने स्वयं सन् 1920 को नागपुर कांग्रेस के अधिवेशन के समय अखिल भारतीय कांग्रेस कमेटी में उन्होंने किस प्रकार असहयोग के कार्यक्रम का विरोध किया था, यह देखा है। खिलाफत के मसले के कारण उस समय भारत के मुसलमानों का भी प्रचण्ड बहुमत कांग्रेस के साथ था। अतः अपने अनुकूल उस समय का वायुमण्डल न देख जिन्ना साहब ने कुछ समय के लिए भारतवर्ष ही छोड़ दिया और लन्दन में वकालत करते रहे। लन्दन में वे कितने सफल वकील रहे यह मैं नहीं जानता, पर बम्बई हाईकोर्ट के एक

सफल वकील के नाते उन्होंने खब कमाई कर ली थी अतः उन्हें धन की कोई बड़ी भारी आवश्यकता ही न थी। सन् 1923 में जब कांग्रेसवादी स्वराज्य पार्टी के नाम से व्यवस्थापिका सभाओं में गए तब श्री जिन्ना भी स्वतन्त्र सदस्य के रूप में केन्द्रीय व्यवस्थापिका सभा के सदस्य हो गए। इसके पहले भी वे इंपीरियल कौंसिल में रह चुके थे और उन्होंने महामना मालवीयजी के साथ रौलेट बिल के समय वहां से त्यागपत्र दिया था। सन् 1920 के चुनाव में भी वे केन्द्रीय व्यवस्थापिका सभा के लिए खड़े होना चाहते थे, परन्तु असहयोग आन्दोलन के वायुमण्डल में उस समय उन्होंने वह चुनाव लड़ना उचित नहीं समझा। असहयोग आन्दोलन के बाद ज्योंही पहला अवसर मिला त्योंही वे फिर पहुंच गए केन्द्रीय व्यवस्थापिका सभा में। श्री जिन्ना का भारत के सार्वजनिक जीवन में बहुत बड़ा स्थान तो था ही अतः सन् '23 में केन्द्रीय व्यवस्थापिका सभा में पहुंचते ही उनका वहां एक विशेष स्थान हो गया। वहां जाते ही उन्होंने एक इंडिपेंडेंट पार्टी के नाम से दल बनाया जिसके नेता वे स्वयं थे और इस दल के उपनेता थे सर पुरुषोत्तमदास ठाकुरदास। यद्यपि सर पुरुषोत्तमदास के सिवा उस समय की केन्द्रीय व्यवस्थापिका सभा का अन्य कोई हिन्दू या गैर-मुस्लिम सदस्य उनके उस दल में नहीं था, पर जब तक सर पुरुषोत्तमदास ने उनके दल में आना स्वीकार नहीं कर लिया तब तक उस समय के राष्ट्रवादी जिन्ना को केवल मुसलमान सदस्यों का कोई दल बनाना स्वीकार न था। सन् '28 के साइमन कमीशन का उन्होंने घोर विरोध किया, परन्तु यहां से उनके साम्प्रदायिक रूप का आरम्भ हुआ जो अन्त में इतना विशाल हो गया कि देश का विभाजन होकर पाकिस्तान की स्थापना हो गई।

साइमन कमीशन के अवसर पर, नेहरू कमेटी की रिपोर्ट के समय, पहली गोलमेज़ परिषद् में तथा अन्य अनेक अवसरों पर श्री

जिन्ना ने जो कुछ कहा और किया उस इतिहास को देखने से पाकिस्तान की स्थापना जिस नींव पर हुई उस नींव की जुड़ाई किस प्रकार हो रही थी इसका पता लग जाता है। और अन्त में ज्योंही उन्होंने देखा कि मुसलमानों में साम्प्रदायिकता का ज़हर अच्छी तरह फैल गया है तथा मौलाना मुहम्मदअली की मृत्यु के पश्चात् मुसलमानों में कोई नेता नहीं रह गया है त्योंही अपने समस्त पुराने राष्ट्रीय सिद्धान्तों को ताक में रखकर एक कट्टर से कट्टर सम्प्रदायवादी नेता के रूप में वे राजनैतिक क्षेत्र में कूदे। जिस प्रकार गांधीजी ने पुरानी राष्ट्रीय संस्था कांग्रेस को हाथ में ले अपने समस्त कार्यक्रम को कार्यरूप में परिणत किया था, उसी प्रकार श्री जिन्ना ने मुस्लिम लीग को हाथ में ले अपना कार्य कार्यरूप में परिणत करना आरम्भ किया। इतना अन्तर अवश्य था, और यह बहुत बड़ा अन्तर था, कि गांधीजी के कार्यक्रम में कुछ करने की बातें थीं और इस करनी में त्याग तथा तपस्या की, जिन्ना के कार्यक्रम में करने को कुछ नहीं था, जो कुछ था कहने को, और इस कथनी में न त्याग की ज़रूरत थी न तपस्या की वरन् गांधीजी की करनी ने देश की जनता से जो त्याग और तपस्या कराई थी और जिसके कारण विदेशी सत्ता कमज़ोर पड़ती जा रही थी उसका उपयोग जिन्ना की अपनी कथनी के कार्यक्रम में होता जा रहा था। अंग्रेज़ों की नीति वर्षों से मुस्लिमपरस्त थी ही। हिन्दुओं और मुसलमानों को लड़ाते रहना तथा इस प्रकार अपना उल्लू सीधा करना यह अंग्रेज़ वर्षों नहीं, युगों से करते आ रहे थे। श्री जिन्ना ने अंग्रेज़ों से मिलकर भारत को कोई हानि पहंचाई यह कहना जिन्ना के साथ अन्याय करना है, उन्होंने यह कभी नहीं किया। पर अंग्रेज़ों की इस नीति का उन्होंने अपने उत्कर्ष के लिए पूरा-पूरा उपयोग अवश्य किया।

बात यह हुई कि अपनी अहंमन्यता के कारण श्री जिन्ना अपने से बड़े किसी आदमी को फूटी आंखों देख न सकते थे। भारत में गांधीजी

का इस प्रकार का उत्कर्ष उनके लिए असहनीय था और गांधीजी के मुकाबले में वे उनकी बराबरी में किस प्रकार खड़े हों यह उनके सामने एक समस्या थी। इसके लिए जनसाधारण के सहयोग की आवश्यकता थी। स्वयं मुसलमान होने के कारण यह सहयोग उन्हें मुसलमानों से ही प्राप्त हो सकता था चाहे इस्लाम पर उनका विश्वास भले ही न हो। मुसलमानों को मज़हब के नाम पर ही उभारा जा सकता था। उन्होंने यही किया और पाकिस्तान बन गया। इस प्रकार यथार्थ में पाकिस्तान जिन्ना की अहंमन्यता के सन्तोष का ही कारण है।

श्री जिन्ना ऊंचे और बहुत दुबले-पतले आदमी थे। पहले वे मूंछें भी रखते थे, जो उनकी पुरानी तस्वीरों से जान पड़ता है, परन्तु जबसे मैंने उन्हें देखा वे सदा निर्मुच्छ रहे। जब मूंछें ही नहीं थीं तब इस्लाम में जिस दाढ़ी की इतनी महत्ता है वह भला कहां से रहती। अन्तरंग में इस्लाम पर कोई भरोसा होता तब तो बाह्य में भी दाढी को स्थान मिलता। उनकी पोशाक में शेर-वानी और पाजामा भी बाद में आया; पहले तो पश्चिमी लिबास ही रहता ; और वह भी एकदम अपटुडेट। एक कहावत-सी हो गई थी कि श्री जिन्ना गांधीवादी कांग्रेस में इसलिए सम्मिलित नहीं रह सके कि उन्हें खादी पहननी पड़ती। जबकि उनके पतलून का क्रीज़ न बिगड़ जाए इसका भी वे बड़ा ध्यान रखते थे तब भला वे उस समय की मोटी और खुरदरी खादी कैसे पहन सकते थ। जब शेरवानी और पाजामा आया तब हैट के स्थान पर टोपी भी आई। और जब गांधी टोपी का कांग्रेस में इतना महत्त्व था तब भला मुस्लिम लीग में उनकी टोपी को जिन्ना टोपी कैसे न कहा जाता। फिर गांधीजी के नाम के आगे महात्मा शब्द लगा था। उनके बराबरी का होने के लिए श्री जिन्ना के नाम के सामने भी ऐसा ही कोई शब्द लगाना भी आवश्यक था। अतः पाकिस्तान के प्रवर्तक जिन्ना कायदेआज़म हो गए। यह सब

होने पर भी, और जैसा ऊपर लिखा है, अहंमन्यता के मूर्तिमन्त रूप होने पर भी यह नहीं कहा जा सकता कि जिन्ना के व्यक्तित्व में अन्य कोई विशेषताएं न थीं। वे पहली पंक्ति के बुद्धिवादी थे ; बम्बई के ही नहीं भारत के अग्रगण्य वकीलों में से एक वकील ; बहुत पुराने सार्वजनिक कार्यकर्ता, अदम्य साहसी और उस साहस के कारण बड़े से बड़े विरोध का अत्यधिक दृढ़ता से सामना करने वाले, बड़े अच्छे वक्ता। वक्ता तो वे एक विचित्र कोटि के ही थे। संसद् में मैंने उन्हें बहुत लम्बे समय तक देखा और उनके भाषण सुने। वे सदा यह प्रयत्न करते थे कि सबके अन्त में उन्हें बोलने का अवसर मिले। उनके भाषणों से कभी भी यह अनुभव न होता था कि वे अपने भाषण की कोई तैयारी करके आए हैं। उनके पूर्व जो लोग बोलते, विशेषकर भिन्न-भिन्न दलों के नेता और भिन्न-भिन्न दलों के विशिष्ट व्यक्ति, उन्हींके भाषणों से वे अपने भाषण के लिए कुछ नुकते चुन लेते और उन्हींपर बड़ा सुन्दर, प्रभावशाली और व्यंगोक्तियों से भरा भाषण दे डालते।

ज्ञानियों के सामने एक बड़ा विवादग्रस्त विषय रहा है। वह यह कि व्यक्ति समय को बनाता है या समय व्यक्ति को। इस प्रश्न पर यदि हम श्री जिन्ना को सामने रखकर विचार करें तो इस प्रश्न पर प्रकाश पड़ता है। यदि श्री जिन्ना के सदृश कुशल राजनीतिज्ञ मुसलमानों में न होता तो पाकिस्तान की स्थापना न हो सकती थी। पर साथ ही एक विशिष्ट परिस्थिति के कारण ही श्री जिन्ना का इतना अधिक उत्कर्ष हो सका यह भी अस्वीकार नहीं किया जा सकता। सन् 1920 के पूर्व भी जिन्ना साहब राजनैतिक क्षेत्र में मौजूद थे और उनका व्यक्तित्व राजनैतिक क्षेत्र में महान माना जाता था। यदि जिन्ना साहब के व्यक्तित्व के कारण ही सब कुछ हुआ तो सन् 1920 में उन्हें राजनैतिक क्षेत्र से अलग क्यों होना पड़ा। एक विशेष परिस्थिति के उत्पन्न होने पर ही श्री जिन्ना

को सफलता मिल सकी। अतः व्यक्ति को समय बनाता है या समय व्यक्ति को इस विषय में मैंने सदा ही यह माना है कि दोनों का अन्योन्य सम्बन्ध है। श्री जिन्ना ने पाकिस्तान-निर्माण के समय को बनाने में सहायता पहुंचाई इसमें शक नहीं हो सकता। पर साथ ही उस समय ने श्री जिन्ना को कायदेआज़म बनाया यह भी पूर्णतया सत्य है। एक बात इस विषय में आश्चर्यजनक अवश्य हुई। प्रायः महापुरुष अपने समय का निर्माण उन सिद्धान्तों पर करते हैं जिन सिद्धान्तों पर उन्हें विश्वास होता है। गांधीजी ने भी यही किया था, पर जिन्ना साहब के सम्बन्ध में यह बात नहीं कही जा सकती। जिन सिद्धान्तों पर पाकिस्तान का निर्माण हुआ वे सिद्धान्त न जिन्ना साहब को पहले मान्य थे और न उस समय ही जब उन्होंने पाकिस्तान का निर्माण कराया। वे न कभी कुरान पढ़ते थे और न नमाज़। धर्म या मज़हब के नाम की उनके पास कोई चीज़ न थी। यह पाकिस्तान की इमारत मज़हब की नींव पर बनी। इतिहास में ऐसा दृष्टान्त शायद ही कहीं मिले।

मैंने श्री जिन्ना को सबसे पहले सन् 1923 में उस समय देखा जब मैं सर्वप्रथम केन्द्रीय व्यवस्थापिका सभा में गया। वे कांग्रेस दल में नहीं थे अतः उनका और मेरा दुआसलाम तथा बोलचाल का ही सम्बन्ध रहा, कोई निकट का व्यक्तिगत सम्पर्क नहीं। परन्तु, सन् 1923 से सन् 1939 तक एक बड़े लम्बे समय में सार्वजनिक दृष्टि से मैं उनके कार्यों को बड़े ध्यान से देखता रहा, उनके भाषणों को बड़े चाव से सुनता रहा। इस दीर्घकाल में उनके सम्बन्ध में मुझे जो अनुभव हुआ वही यहां पर लिपिबद्ध है।

देशबन्धु दास

जितनी आग देशबन्धु दास में भरी हुई थी उतनी कम से कम मैंने किसी व्यक्ति में नहीं देखी। वह आग थी देशभक्ति की, और समय-समय पर उसकी जो ज्वालाएं उनके मुख से निकलती थीं उनका तेज दिशा-दिशा में फैलकर सभीको चकाचौंध कर देता था। फिर कितनी निर्मलता थी उस अग्नि में। उसी निर्मलता के कारण देशबन्धु दास महात्मा गांधी के सदृश युगपुरुष का एक ओर समर्थन कर सकते थे तो गांधीजी से मतभेद होने पर उनका तीन से तीव्र विरोध भी।

बंगाल ने अधुनिक युग में जितने महापुरुषों को उत्पन्न किया है उतने भारत के किसी भी प्रदेश ने नहीं।

आधनिक काल के इन्हीं देदीप्यमान रत्नों में से एक हैं देशबन्धु चितरंजनदास। वे न बहुत ऊंचे थे और न बहुत ठिगने; न बहुत मोटे थे और न बहुत दुबले ; न बहुत गोरे थे और न बहुत सांवले। बंगवासियों की भावपूर्ण मुद्रा उनके आनन पर भी विराजती थी और इसके सबसे अधिक दर्शन होते थे उनके होंठों से। वे होंठ जब बन्द रहते थे तब जान पड़ता था कि हृदय की भावनाओं को बाहर निकलने से मानो रोक रहे हैं और वे भावनाएं उन होंठों के भीतर से उसी प्रकार झिलमिला-सी रही हैं जैसे किसी पतले घूंघट के भीतर से कोई सुन्दर मुखकमल ढके रहने पर भी झिलमिलाता-सा रहता है। और जब होंठ खुलते थे तब ता पूछना ही क्या ! फिर तो ये भावनाएं प्रायः अग्नि की ज्वालाओं का रूप ले लेती थीं। देशबन्धु सदा एक सफद धोती और कुरता पहनते थे। कुरते

पर सफेद ही चादर रहती थी, परन्तु सिर नंगा। सिर को ढके रहते थे उनके काले बाल जिनमें उनकी मृत्यु तक क्वचित् ही सफेदी आई थी। वे दाढ़ी-मूंछें मुंड़ी रखते थे, पर एक बार मैंने उनका मुख दाढ़ी और मूंछों से सुसज्जित भी देखा था। यह सन् 1921 में उस समय जब वे अलीपुर जेल में लगभग पांच महीने तक राजनैतिक बन्दी के रूप में रह चुके थे। उस समय राजनैतिक बन्दियों की मुलाकातों में वैसे प्रतिबन्ध नहीं थे जैसे बाद में हुए, जैसे केवल नातेदारों से मुलाकात, ए, बी क्लास के कैदियों से भी सप्ताह में एक बार मुलाकात इत्यादि। इसीलिए मैं कलकत्ता में उनके बन्दी रहते हुए भी उनसे मिल सका था। उस दाढ़ी और मूछोंवाले चेहरे को तो मैं यकायक पहचान भी न सका और मैंने उन्हें तब पहचाना जब उन्होंने अट्टहास किया। उस दिन हम कई लोग अलीपुर जेल में उनके दर्शनार्थ गए थे। कितनी आत्मीयता के साथ वे सभीको गले लगा-लगाकर मिले थे। उन्होंने अपनी दाढ़ी-मूंछों के लिए हंसते-हंसते कहा था कि चमड़ी को आराम देने के हेतु शायद दाढ़ी-मूंछों को बढ़ने देने के लिए जेल से अच्छा अन्य कोई स्थान नहीं है।

चितरंजनदास बड़े सफल वकील थे और वकालत में उन्होंने जो कुछ भी कमाया वह सबका सब दो कामों में गया—एक पिता पर जो साहकारों का ऋण पिता के दिवालिया होने पर डब गया था उसे चुकाने में और दूसरे विद्यार्थियों को छात्रवृत्तियां देने में। दिवालिया हो जाने के बाद कानूनन कोई साहूकार किसीसे अपना कर्ज़ वसूल नहीं कर सकता और फिर यदि पत्र को पिता से कोई सम्पत्ति न मिले तो वह पिता के कर्ज़ का देनदार तो होता ही नहीं, परन्तु स्वयं कानून में पूर्णतया दक्ष होने पर भी उन्होंने उस कर्ज़ के चुकाने में कानून की शरण नहीं ली। ऐसे आत्मसम्मान की भावनाएं शायद ही किसी में देखी गई हों। विद्यार्थियों को उनके द्वारा दी गई छात्रवृत्तियां तो बंगाल के छोटे-छोटे

गांवों तक पहुंचती थीं। बंगाल के सदृश जनसंख्या वाले प्रान्त में नई पीढ़ी धनाभाव के कारण अशिक्षित न रह जाए इसकी जितनी चिन्ता दास बाबू ने की शायद ही किसी व्यक्ति ने बंगाल में अथवा अन्यत्र की हो। इसीलिए जब वे अपने उस महान आयवाली वकालत छोड़कर असहयोगी हुए तब उनके देशवासियों ने उन्हें उनके योग्य सच्ची देशबन्धु उपाधि से विभूषित किया। फिर तो वे चितरंजनदास के नाम से कम जाने जाते थे, पर देशबन्धु दास के नाम से कहीं अधिक।

कलकत्ता में कांग्रेस का जो विशेष अधिवेशन सन् 1920 के सितम्बर मास में हुआ था उस अधिवेशन में गांधीजी का असहयोग का कार्यक्रम पहले-पहल कांग्रेस ने स्वीकृत किया। दास बाबू उसके विरुद्ध थे। उसी वर्ष दिसम्बर में कांग्रेस का सालाना अधिवेशन नागपुर में हुआ। दास बाबू हज़ारों रुपया खर्च कर बंगाल से कांग्रेस प्रतिनिधियों को लेकर नागपुर इसलिए पहुंचे कि कांग्रेस के असहयोग के कार्यक्रम को अस्वीकृत करा दें। पर देश का तो इतिहास बदलना था। जो दास असहयोग का विरोध करने नागपुर आए थे उन्होंने असहयोग का प्रस्ताव कांग्रेस के अधिवेशन में उपस्थित किया। मुझे अब तक स्मरण है उनका नागपुर का वह भाषण। जान पड़ता था उनके मुख से ज्वालाएं निकल रही हैं, जो ब्रिटिश साम्राज्य को भस्म कर देंगी।

सन् 1920 में ही मैं भी कांग्रेस में सम्मिलित हुआ। पं० मोतीलालजी और देशबन्धु दास का बड़ा निकट का सम्बन्ध था। दोनों ही हमारे घर के वकील रह चुके थे। मोतीलालजी के पास तो हमारे सभी बड़े-बड़े काम राय के लिए जाते थे, पर देशबन्धु ने हमारी कलकत्ता की दुकान के एक बड़े मुकदमे की पैरवी की थी। अतः मोतीलालजी और दास दोनों ने जब मुझे कांग्रेस की दीक्षा लेते हुए देखा तब दोनों को उससे अत्यधिक हर्ष हुआ और सन् 1920 से मैं

दोनों का ही कृपापात्र हो गया। गांधीजी से उसी वर्ष मेरा सम्पर्क हुआ। परन्तु गांधीजी की अपेक्षा मेरा सम्बन्ध मोतीलालजी और दास बाबू से अधिक रहा और यही कारण हुआ कि जब सन् 1922 ई० में स्वराज्य पार्टी का संगठन हुआ उस समय मैं स्वराज्य पार्टी में सम्मिलित हो गया तथा मोतीलालजी और दास बाबू ने मुझे अखिल भारतीय स्वराज्य पार्टी का कोषाध्यक्ष नियुक्त किया। इस प्रकार मैं सन् 1920 में दास बाबू के अत्यन्त सन्निकट आया और तब से सन् 1925 में उनकी मृत्यु तक मैं उनका ऐसा कृपापात्र रहा जिसे अंग्रेज़ी भाषा में 'पैट' कहते हैं।

मुझे सन् 1920 से 1925 तक की देशबन्धु दास की कितनी स्मृतियां हैं, यद्यपि उन्होंने असहयोगी के रूप में पांच वर्ष के ही अल्प समय में काम किया पर वह काम ! शायद ही किसी दूसरे व्यक्ति ने असहयोग के पक्ष और विपक्ष दोनों में ही ऐसा कार्य किया हो जैसा देशबन्धु ने किया। नागपुर के बाद कांग्रेस का अधिवेशन सन्' 21 के अन्त में अहमदाबाद में हुआ। देशबन्धु इस वर्ष कांग्रेस के अध्यक्ष चुने गए, पर गिरफ्तार हो जाने के कारण वे इस पद को सुशोभित न कर सके और हकीम अजमलखां साहब ने उस अधिवेशन की अध्यक्षता की।

कांग्रेस के अहमदाबाद के अधिवेशन के बाद बारदोली में सत्याग्रह स्थगित होने पर गांधीजी की गिरफ्तारी हुई। इसके पश्चात् कांग्रेस ने सत्याग्रह जांच कमेटी के नाम से एक समिति नियुक्त की और इस समिति के आधे सदस्यों ने सिफारिश की कि इस समय की परिस्थितियों में कांग्रेसवादियों को कौंसिलों में जाना चाहिए। अहमदाबाद के पश्चात् कांग्रेस का अधिवेशन गया में था। चूंकि देशबन्धु अहमदाबाद के अधिवेशन का सभापतित्व न कर सके थे इसलिए वे पुनः इस अधिवेशन के सभापति चुने गए। गया कांग्रेस के कुछ दिन पूर्व ही वे जेल से निकले और उन्होंने सत्याग्रह जांच कमेटी के उन सदस्यों का समर्थन आरम्भ

किया जो कौंसिलों में जाने के पक्ष में थे। मोतीलालजी भी इन्हीं सदस्यों में थे। जिस जोश और खरोश के साथ देशबन्धु ने असहयोग का समर्थन किया था उसी जोश और खरोश के साथ उन्होंने कौंसिल-प्रवेश का समर्थन आरम्भ कर दिया। वही आग !

जब कांग्रेस ने उनका कहना नहीं माना तब गया में ही उन्होंने कांग्रेस के सभापति-पद से त्यागपत्र दे दिया तथा वहीं स्वराज्य पार्टी का निर्माण किया। वही आग !

इसके बाद के उनके दक्षिण के दौरे के समय के दिए गए भाषणों में तो उन्होंने, जिन्हें वे अपना नेता मानते थे, तथा जिन पर उनकी असीम श्रद्धा थी जिसे वे अगणित बार न जाने कितने प्रकार से व्यक्त कर चुके थे, उन गांधीजी पर भी यह आक्षेप किया कि प्रिंस आफ वेल्स के आगमन के समय अली बन्धुओं के न छोड़े जाने के कारण गान्धीजी ने सरकार से समझौता न कर भारी भूल की है। देशबन्धु ने इन भाषणों में गांधीजी के लिए दो बड़े सख्त शब्दों का प्रयोग किया। उन्होंने कहा था गांधीजी ने उस मौके को बंगल (Bungle) और मिसमैनेज (Mismanage) किया है। वही आग!

सन् 22 में ही नागपुर में झण्डा-सत्याग्रह हुआ। सारे देश का ध्यान उस ओर आकर्षित हुआ। वह उस समय का सबसे बड़ा लोकप्रिय आन्दोलन था। परन्तु देशबन्धु उसके पक्ष में नहीं थे। उसकी लोकप्रियता उनके होठों पर ताला नहीं लगा सकी। नागपुर की उस समय की अखिल भारतीय कांग्रेस कमेटी की बैठक में देशबन्धु ने जिस प्रकार उस सत्याग्रह का विरोध किया था और उस लोकप्रिय आन्दोलन के विरुद्ध भी ज्वालाओं के सदृश ही उनके जो शब्द निकले थे वे मुझे अब तक याद हैं।

उस काल के गांधी जी के अनुयायियों में सबसे बड़े उनके अनुयायी थे देशबन्धु दास और पंडित मोतीलाल नेहरू। दोनों का ही

महान व्यक्तित्व और दोनों ही महान बुद्धिवादी। परन्तु मोतीलालजी गांधीजी के जैसे अनुयायी थे वैसे दास नहीं। महान बुद्धिवादी होते हुए भी मोतीलालजी यह मानने लगे थे कि बापू से उनका चाहे किसी बात में मतभेद हो जाए, पर अन्त में शायद बापू ही ठीक सोचते हैं। देशबन्धु ने यह बात कभी भी नहीं मानी। यह शायद इसलिए भी हुआ कि देशबन्धु गांधीजी के सम्पर्क में आने के पश्चात् बहुत शीघ्र चले गए।

सन् 1920 में मुझे जिन महान व्यक्तियों के दर्शन हुए, जिनके मैं सम्पर्क में आया, उनमें अनेक ऐसे थे जिन्हें देश कभी भी न भूल सकेगा। देश के अपने काल के इतिहास में उनका बड़ा भारी स्थान रहेगा। उन्हीं में सबसे अधिक अग्रगण्यों में एक थे—देशबन्धु दास।

पं० मोतीलाल नेहरू

भारत के आधुनिक युग में राजनैतिक क्षेत्र के व्यक्तियों में व्यक्तित्व की दृष्टि से शायद पं० मोतीलालजी नेहरू से बड़ा व्यक्तित्व और कोई नहीं हुआ। एक तो निसर्ग ने ही उन्हें भव्य बनाया था, दूसरे उस भव्यता में जिन भव्य बातों का समावेश हो गया था उसके कारण उनके व्यक्तित्व में यह उक्ति चरितार्थ हो गई थी कि 'सोने में सुगन्धि' का मिश्रण हुआ है।

पंडितजी न बहुत ऊंचे थे और न बहुत ठिगने ही। अवस्था के बढ़ाव के साथ शरीर की स्थूलता भी कुछ बढ़ी थी, पर उसमें बहुत भद्दापन न आ पाया था। वे अपने सतरवें वर्ष में स्वर्ग सिधारे। परन्तु अन्तिम कुछ वर्षों को छोड़कर वृद्धावस्था तक व्यायाम करते रहे। यही कारण था कि शरीर में स्थूलता आने पर भी भद्दापन न आ सका। कश्मीरी गौर वर्ण के तो होते ही हैं अतः पंडितजी का वर्ण गौर था। और उस गोरे रंग को बुढ़ापे के कारण श्वेत हो गए केश और भी गोरा बना रहे थे। जवाहरलालजी के सदृश मोतीलालजी के सिर के बाल नहीं झड़े थे। इस अवस्था में भी वे संवारे हुए बाल रखते थे। सन् 1926 तक उनके मूंछें भी थीं और मूंछें छोटी या खसखसी नहीं, खूब बड़ी तथा दोनों ओर की नोकें एकदम ऊपर उठी हुई। मुझे तो उनका मूंछों से युक्त आनन मूंछों से रहित मुख की अपेक्षा कहीं अधिक भव्य जान पड़ता था। और मुझे ही क्यों जब सन् 1926 में उन्होंने मूंछें निकाल दीं तब शिमले में केन्द्रीय व्यवस्थापिका सभा के अधिवेशन के समय शिमला की नारियों की ओर से

एक शिष्टमण्डल उनसे इसीलिए मिला कि वे अपनी मूंछों से पुनः सहयोग करें। असहयोग के समय पंडितजी ने अपनी पश्चिमी वेशभूषा को छोड़ खादी का कुरता और धोती धारण करना आरम्भ किया। सन् 1923 में स्वराज्य पार्टी के नेता के रूप में जब उन्होंने केन्द्रीय व्यवस्थापिका सभा में प्रवेश किया तब उनकी असहयोग वाली वेशभूषा भी उसी प्रकार बदल गई जिस प्रकार असहयोग में आते ही पश्चिमी ढंग की वेशभूषा बदली थी। अब उन्होंने शेरवानी और चूड़ीदार पाजामा पहनना प्रारम्भ किया जो वेशभूषा उनकी अन्त तक चलती रही।

मोतीलालजी में शाही शान और बुद्धिवादियों की शान दोनों का अनोखा मिश्रण था। वे अपने ज़माने में प्रयाग के हाईकोर्ट के दो सर्वोच्च वकीलों में थे। उस समय प्रयाग के हाईकोर्ट में सर सुन्दरलाल और पंडित मोतीलाल सर्वोच्च वकील माने जाते थे। दोनों की ही अन्धाधुन्ध आमदनी थी। पर अन्तर यह था कि सुन्दरलालजी अपनी आय का एक-एक पैसा संग्रह करते थे और मोतीलालजी उसे दोनों हाथों से उलीचते थे। आनन्द भवन की क्या रहन-सहन थी ! शायद बड़े से बड़े राजा-महाराजाओं की भी वैसी नहीं। इस रहन-सहन के कारण एक कहावत-सी मशहूर हो गई थी कि मोतीलालजी के कपड़े पेरिस से धुलकर आते हैं। उनके असहयोग में सम्मिलित होने के पश्चात् उनके त्याग का जो वर्णन किया जाता था उस वर्णन में यह बात अवश्य कही जाती थी। एक बार जब मैंने उनसे इस सम्बन्ध में पूछा तब वे ज़ोर से हंस पड़े और उन्होंने उसका जो उत्तर दिया वह मुझे अब तक याद है। उन्होंने कुछ इस प्रकार कहा था—"पेरिस कपड़े भेजकर उन्हें धुलाकर मंगाने में उतना ही खर्च पड़ता है जितना नये कपड़े बनाने में। इस दुनिया में हमेशा एक बात देखी जाती है कि जब हम किसीकी बुराई पर उतरते हैं तब उसकी कोई हद नहीं रखते। झूठी-सच्ची न जाने कितनी बातें उसकी बुराई में

कहा करते हैं। यही बात तारीफ के मुताल्लिक हुआ करती है। जब हम किसीकी तारीफ या कुर्बानी का ज़िक्र करते हैं तब उसकी भी कोई हद नहीं रखते।" उनकी शाही शान का तो उनके जीवन पर कोई बुरा असर नहीं पड़ा, यह शायद इसलिए भी कि वे असहयोग में सम्मिलित हो गए, परन्तु उनकी बुद्धिवादी शान का उनके जीवन पर कुछ बुरा असर भी पड़े बिना नहीं रहा। दूसरों को तुच्छ समझना, बड़े से बड़े ज्ञान-सम्पन्न व्यक्ति का भी, यदि वह उनसे विरुद्ध राय रखता हो तो, अपमान कर देना, या उसकी खिल्ली उड़ा देना, इत्यादि बातें जो उनके जीवन में दिख पड़ती थीं उनका एक कारण उनकी बुद्धिवादी शान भी थी। निसर्ग से उन्हें प्रखर स्वभाव भी मिला था। यह इसका कारण न हो यह नहीं, पर बुद्धिवादी शान भी इसका एक कारण थी। मोतीलालजी के जो अनेक विरोधी थे उसकी यही वजह थी।

मोतीलालजी हमारे कुटुम्ब के वकील थे। जबलपुर से इलाहाबाद बहुत निकट होने के कारण हमारे यहां के सभी छोटे-बड़े मामले कानूनी राय के लिए उनके पास जाते थे। चूंकि हमारे घर का काफी बड़ा कारबार था इसलिए ये मामले भी काफी हुआ करते थे। इसके सिवा मेरे पिताजी की और उनकी बहुत निकट की मैत्री थी। इसका कारण यह था कि अपने समय में जिस प्रकार मोतीलालजी बहुत बड़े शौकीनों में थे उसी प्रकार मेरे पिताजी भी। पिताजी तो अनेक बार उनकी भेंट के लिए इलाहाबाद जाते थे पर असहयोग आन्दोलन के पहले मैंने पंडितजी को जबलपुर आते कभी नहीं देखा। मैंने उनके सर्वप्रथम दर्शन सन् 1920 में जब वे नागपुर कांग्रेस में जा रहे थे उसी समय किए। प्रयाग से नागपुर जाते हुए जबलपुर में वे सकुटुम्ब हमारे ही मेहमान हुए और फिर हमारी ही मोटरों पर नागपुर गए। उसी समय मैंने सर्वप्रथम उनके, जवाहरलालजी के तथा उनके अन्य कुटुम्बियों के दर्शन किए। मुझे अब तक याद है कि

प्रथम दर्शन के अवसर पर ही उनका कितना प्रेम मेरे प्रति उमड़ा था और मेरे युवक होते हुए भी किस प्रकार बच्चे के सदृश उन्होंने मुझे अपने हृदय से लगाया था। प्रथम दर्शन में ही मैंने उनका जो स्नेह प्राप्त किया वह उनके स्वर्गारोहण तक वैसा का वैसा मुझे प्राप्त रहा। राजनैतिक क्षेत्र में मेरा किसी भी राजनैतिक नेता से इतना निकटतम सम्बन्ध नहीं रहा जितना मोतीलालजी से। वे राजनैतिक क्षेत्र में मेरे सभी कुछ रहे। मैं भी नागपुर कांग्रेस में ही राजनैतिक क्षेत्र में आया। मेरे राजनैतिक क्षेत्र में आने का पंडितजी ने हार्दिक स्वागत किया। मेरे इस क्षेत्र में आने से मेरे पिताजी को जो भय और उद्विग्नता थी उसमें भी पंडितजी के कारण कुछ कमी हुई। स्वराज्य पार्टी में भी मैं मोतीलालजी के कारण ही आया और जब सन् 1923 में स्वराज्य पार्टी का संगठन हुआ उस समय उन्हींने मुझे अखिल भारतीय स्वराज्य पार्टी का कोषाध्यक्ष नियुक्त किया। पंडितजी का मेरे प्रति कितना स्नेह था इसे जबलपुर की जनता ने भी एक घटना से जाना। जब सन् 1930 में मैं पहली बार गिरफ्तार हुआ उस समय जवाहरलालजी के भी गिरफ्तार हो जाने पर, मोतीलालजी कांग्रेस के सभापति थे ; वे मेरी गिरफ्तारी पर स्वयं जबलपुर आए। जबलपुर में मेरी गिरफ्तारी के बाद सत्याग्रह एकदम धीमा पड़ गया था। पंडितजी ने जबलपुर के कांग्रेस कार्यकर्ताओं की खूब भर्त्सना की और सार्वजनिक सभा में कहा कि मैं अपने दो लड़के मानता हूं—एक जवाहरलाल और दूसरा गोविन्ददास"।

अपने एक युग के सार्वजनिक जीवन के क्षत्र का पंडित मोतीलालजी का कार्य दो प्रधान विभागों में बांटा जा सकता है। एक सन् 1920 और 1930 के असहयोग तथा सत्याग्रह आन्दोलनों का कार्य, जो उन्होंने गांधीजी के नेतृत्व में किया और दूसरा सन् 1923 से 1926 तक का कार्य, जो उन्होंने केन्द्रीय व्यवस्थापिका सभा में स्वराज्य दल

और कांग्रेस दल के नेता के रूप में किया। दोनों ही विभागों के उनके कार्य का ऐतिहासिक महत्त्व है। पर पहले विभाग के नेता रहे गांधीजी, मोतीलालजी का नेतृत्व दूसरे विभाग के कार्य में रहा है।

केन्द्रीय व्यवस्थापिक सभा में वे स्वराज्य दल और कांग्रेस दल के नेता ही न थे वरन् कांग्रेस दल के सबसे बड़े दल होने के कारण विरोधी दल के भी नेता थे। उस समय की केन्द्रीय व्यवस्थापिका सभा में देश के कुछ महान नेताओं को छोड़ जैसे गांधाजी, श्रीमती सरोजिनी नाइडू, श्री वल्लभभाई पटेल, पं० जवाहरलाल नेहरू, श्री सुभाषचन्द्र बोस, डा० राजेन्द्रप्रसाद, श्री राजगोपालाचारी इत्यादि, शेष सारे गणमान्य नेता केन्द्रीय व्यवस्थापिका सभा में पहुंच गए थे। इनमें प्रमुख थे महामना पं० मदनमोहन मालवीय, लाला लाजपतराय, श्री श्रीनिवास आयंगर, श्री मुहम्मदअली जिन्ना, श्री विठ्ठलभाई पटेल, श्री जयकर आदि। अंग्रेज़ सरकार के भी बड़े-बड़े लोग वहां मौजूद थे। बहस का स्तर बड़ा ऊंचा था। साधारण बात कहने की अपेक्षा लोग चुप रहना ही श्रयस्कर मानते थे। मैं भी सन् 1923 में ही केन्द्रीय व्यवस्थापिका सभा में चला गया था।

जो भारतीय नेता केन्द्रीय व्यवस्थापिका सभा में थे उनमें पं० मोतीलालजी का स्थान सबसे ऊंचा था। यह इसलिए नहीं कि वे वहां के सबसे अच्छे वक्ता थे। उस समय की केन्द्रीय व्यवस्थापिका सभा में कई वक्ता मोतीलालजी से अच्छे थे, परन्तु जो व्यक्तित्व मोतीलालजी का था वह अन्य किसीका नहीं। फिर वे कांग्रेस दल के नेता थे जो दल अन्य सभी दलों से बड़ा था। पर उस समय की केन्द्रीय व्यवस्थापिका सभा में मोतीलालजी का सर्वोच्च स्थान होने पर भी कांग्रेस दल में उनके अनेक कट्टर विरोधी भी थे। यह उनके प्रखर स्वभाव और बुद्धिवादी शान के कारण, जिसका उल्लेख ऊपर हो चुका है। लेकिन पंडितजी इसकी तनिक भी परवाह न करते थे।

मुझपर पंडितजी का जैसा स्नेह था उसका कुछ वर्णन ऊपर आ गया है। पर उनके प्रखर स्वभाव के कारण एक बार मुझसे भी उनका एक छोटा-सा झगड़ा हो गया। स्वराज्य पार्टी सन् 1923 में व्यवस्थापिका सभाओं में पहुंची थी। गांधीजी उस समय जेल में थे। सन् 1924 में गांधीजी अपैण्डीसाइटिस के आपरेशन के कारण जेल से छूटे और जब वे बम्बई के निकट जुहू में स्वास्थ्य-लाभ कर रहे थे उस समय देशबन्धु दास और मोतीलालजी स्वराज्य दल के कार्य के लिए बापू का आशीर्वाद लेने जुहू पहुंचे। कौंसिल के कार्यक्रम पर समझौता न होने के कारण गांधीजी का उस समय स्वराज्यपार्टी को समर्थन प्राप्त न हो सका और देशबन्धु तथा मोतीलालजी जुहू से लौट आए। उसी समय भारत के इस्पात के उद्योग को सहायता देने के लिए एक विधेयक पर विचार करने को केन्द्रीय व्यवस्थापिका सभा का एक विशेष अधिवेशन शिमला में बुलाया गया। पंडितजी शिमला पहुंचे और हम लोग भी। उस समय स्वराज्य दल के लोग गांधीजी से अप्रसन्न हो गए थे। पंडितजी भी गांधीजी से प्रसन्न नहीं थे। नागपुर के डाक्टर मुंजे ने एक वक्तव्य प्रकाशित किया कि मध्यप्रदेश में इस समय कोई भी कांग्रेसजन गांधीजी का अनुसरण करने को तैयार नहीं है। मैं यद्यपि स्वराज्य दल की ओर से केन्द्रीय व्यवस्थापिका सभा का सदस्य था और मोतीलालजी से मेरा निकटतम सम्बन्ध भी था, परन्तु मैं राजनैतिक क्षेत्र में आया तो था गांधीजी से प्रेरित होकर। अतः मैंने डाक्टर मुंजे के इस वक्तव्य का खण्डन कर दूसरा वक्तव्य निकाला कि डाक्टर मुंजे मध्यप्रदेश में नागपुर अथवा मराठी भाषाभाषी क्षेत्र के लिए चाहे कुछ कहने का अधिकार रखते हों, पर मध्यप्रदेश के हिन्दी भाषाभाषी क्षेत्र के सम्बन्ध में उन्हें कुछ कहने का अधिकार नहीं है और हिन्दी भाषाभाषी क्षेत्र में आज भी गांधीजी का वैसा ही अनुसरण है। जैसा पहले था। केन्द्रीय व्यवस्थापिका सभा की

बैठक का अधिवेशन जिस दिन समाप्त हुआ उसके दूसरे दिन मेरा यह वक्तव्य पत्रों में निकला। गरमी का मौसम था अतः शिमला से हम लोग कुछ दिन के लिए सोलन आए। पंडितजी भी सोलन आए और पटना के श्री डाक्टर सच्चिदानन्द सिंह की सोलन की कोठी में ठहरे। सदा के समान मैं वहां पंडितजी से मिलने गया। लिखने की मेज़ के सामने की कुरसी पर बैठे हुए पंडितजी कुछ लिख रहे थे। मेरे पहुंचने पर मुझे आंख उठाकर देख तो लिया, पर न मेरी प्रणाम का उत्तर दिया और न मुझे बैठने को ही कहा। मैं बड़ी असमंजस में चुपचाप खड़ा रहा क्योंकि पंडितजी ने तब तक कभी भी मुझसे वैसा व्यवहार न किया था। कुछ देर बाद जब पंडितजी का लिखना समाप्त हुआ तब पास में रखे हुए एक अखबार को ज़ोर से ज़मीन पर पटकते हुए अत्यधिक क्रोध से पंडितजी ने कुछ इस प्रकार कहा—"यह आपका स्टेटमेण्ट है ; सी० पी० क्या, हिन्दुस्तान-भर में इस वक्त गांधीजी के साथ कोई नहीं है। मैं इस बात को बिलकुल बेजा समझता हूं कि स्वराज्य पार्टी के दो मेम्बर एक दूसरे के खिलाफ इस तरह स्टेटमेण्ट करें।" इसके पहले पंडितजी ने कभी मुझसे 'तुम' के सिवा 'आप' नहीं कहा था। वे फिर से कुछ लिखने में लग गए। मैं कुछ देर तो खड़ा रहा, फिर उन्हें प्रणाम कर लौट पड़ा। न उन्होंने मेरी प्रणाम का उत्तर दिया और न मुझे रोका ही। उस दिन मैं जितना क्षुब्ध और दुःखी था उतना जीवन में शायद कम बार रहा होऊंगा। पंडितजी दूसरे ही दिन सोलन छोड़ रहे थे। मेरा भी सोलन में मन न लगा और मैं भी जबलपुर लौट आया। जबलपुर लौटते ही मैंने केन्द्रीय व्यवस्थापिका सभा से, स्वराज्य दल के कोषाध्यक्ष पद से और स्वराज्य दल की सदस्यता से त्यागपत्र लिखकर रजिस्ट्री से पंडितजी को भेज दिया। व्यवस्थापिका सभा से वाइसराय को सीधा स्तीफा तो मैं स्वराज्य दल के सदस्य होने के कारण भेज न सकता था; वह नेता के मार्फत ही भेजा जा सकता था।

मध्यप्रदेश की विधान सभा में और बंगाल की विधानसभा में उस समय स्वराज्य दल का बहुमत था और स्वराज्य दल के उस समय के कार्यक्रम के अनुसार उस समय भारतवर्ष में केवल इन्हीं दो प्रदेशों में मंत्रि-मण्डल नहीं बने थे। बंगाल की विधानसभा में देशबन्धु दास स्वराज्य दल के नेता के रूप में स्वयं मौजूद थ। मध्यप्रदेश की विधान सभा के स्वराज्य दल का काम देखने कभी-कभी पंडितजी नागपुर जाया करते थे। उनका नागपुर जाना जबलपुर होकर होता था। वे प्रयाग से जबलपुर आते थे। उस समय गोविन्द भवन नामक हमारी जो एक कोठी थी, वहां ठहरते थे और हमारी मोटर में ही नागपुर जाकर वापस जबलपुर लौट प्रयाग चले जाते थ। सोलन से मेरे जबलपुर पहुंचने के कुछ ही दिन बाद पंडितजी का तार मिला कि वे जबलपुर आ रहे हैं। मैंने सोचा कि पंडितजी नागपुर जा रहे होंगे। अतः उनके जबलपुर में ठहराने और नागपुर जाने की सारी व्यवस्था कर मैं उन्हें लेने के लिए स्टेशन पहुंचा। चाहे मैंने उपर्युक्त इस्तीफे भेज दिए हों, पर पंडितजी जबलपुर आएं, मुझे तार दें और मैं उनकी सारी व्यवस्था न करूं, यह कैसे सम्भव था। जब ट्रेन जबलपुर स्टेशन पर पहुंची पंडितजी अपने फर्स्ट क्लास के डब्बे के फाटक पर खड़े हो गए। मैंने प्रणाम किया। उस प्रणाम के उत्तर में जो कुछ उन्होंने कहा वह अब भी मुझे जैसा का तैसा याद है। वे बोले—"मुझे देखकर भी तुम्हारी खफगी दूर हुई या नहीं ?" मेरी खफगी दूर नहीं हुई थी। अतः मैंने उनसे कुछ इस प्रकार कहा—"पंडितजी, अभी तो आप चाय लेकर नागपुर हो आइए। लौटने पर बातें करूंगा।" पंडितजी ने तुरंत कहा—"मैं नागपुर जाने के लिए नहीं आया हूं।" मैंने आश्चर्य से केवल एक अक्षर कहा—"तो ?" पंडितजी ने फौरन उत्तर दिया "तुम्हें मनाने आया हूं।" मैं एक भावुक व्यक्ति हूं। मेरी आंखों में आंसू आ गए। पंडितजी ने अपने डिब्बे से उतर सदा के समान मुझे हृदय से लगाया और

मेरे इस्तीफों को वहीं फाड़कर फेंक दिया। उस दिन दिन-भर पंडितजी जबलपुर रहे। मेरे पिताजी से मिले और मेरी बड़ी लम्बी-चौड़ी शिकायत उनसे कर यह कहा कि "क्या मुझे गोविन्ददास पर नाराज़ होने का हक नहीं है ?" रात को वे वापस प्रयाग लौट गए।

पंडितजी से सम्बन्ध रखनेवाली मुझसे सम्बन्धित एक और घटना का मुझे स्मरण है। इस घटना के कारण पंडितजी का मुझपर कुछ अधिक विश्वास हो गया था। सन् 1929 के अंत में लाहौर में कांग्रेस का जो अधिवेशन हुआ उसके सभापति पं० जवाहरलालजी चुने गए। उस समय कांग्रेस के दो कोषाध्यक्ष होते थे। उस काल के कोषाध्यक्ष थे सेठ जमनालालजी बजाज और काशी के बाबू शिवप्रसाद गुप्त। गुप्तजी कांग्रेस के लाहौर अधिवेशन के समय विलायत में थे। एक दिन बातों ही बातों में मोतीलालजी ने मुझसे कहा कि "अब तुम्हें कांग्रेस का ट्रेज़रर होना है।" मैंने इतना ही उत्तर दिया कि "मैं तो जिस काम की भी आज्ञा आप देंगे वह करने को तैयार हूं।" कांग्रेस अधिवेशन के समाप्त होने के एक दिन पहले पंडितजी ने मुझे बुलाया और कुछ असमंजस की मुद्रा में एक केबिल मेरे सामने रख दिया। यह केबिल विलायत से शिवप्रसादजी ने भेजा था कि वे कांग्रेस के अपने कोषाध्यक्ष पद पर आगे भी बने रहना चाहते हैं। मैं वह केबिल पढ़ते ही पंडितजी की उस मुदा का कारण समझ गया। मैंने तत्काल पंडितजी को कहा—"पंडितजी, आप गुप्तजी को ही कोषाध्यक्ष रहने दें। इस सम्बन्ध में किसी भी असमंजस की आवश्यकता नहीं है।" पंडितजी कुछ गद्गद-से हो गए।

ऐसा था महान गुणों और कुछ दोषों से युक्त पं० मोतीलाल नेहरू का उस काल का अद्वितीय व्यक्तित्व। जिस प्रकार चन्द्रमा में उसके प्रकाश के कारण उसके दोष छिप जाते हैं उसी प्रकार पंडितजी के महान गुणों के सम्मुख थे ये क्वचित् दोष।

चक्रवर्ती राजगोपालाचार्य

चक्रवर्ती राजगोपालाचार्य को गांधी युग का चाणक्य कहा जाता है। मैं समझता हूं, कौटिल्य से उनका यह मिलान सर्वथा उचित नहीं है। विचार की दृष्टि से चाहे राजाजी का और कौटिल्य का थोड़ा-बहुत मिलान किया जा सके पर कृति की दृष्टि से दोनों का क्या मिलान हो सकता है ? चाणक्य ने अपने काल में भारत को एक सूत्र में बांध भारतीय साम्राज्य का निर्माण कराया। चन्द्रगुप्त सम्राट पद पर अवश्य आसीन हुए, परन्तु चाणक्य का स्थान चन्द्रगुप्त से कहीं ऊंचा था। राजाजी द्वारा कोई ऐसा कार्य नहीं हुआ। फिर विचार-क्षेत्र में भी चाणक्य की विचार-सरणि सदा एक-सी रही, राजाजी के सदृश ढुलमुल नहीं। कौटिल्य के जीवन में उन्होंने जो कुछ कहा अन्त तक वे उसीपर कायम रहे, राजाजी के सदृश नहीं कि आज एक बात कही तो कल उसके ठीक विपरीत।

हां, इतना कहा जा सकता है कि राजाजी ने गांधीजी को, उनके सिद्धान्तों को और उनके कार्यों को राजनैतिक दृष्टि से जितनी गहराई से समझा है, उतना शायद गांधीजी के किसी अनुयायी ने नहीं। डा० राजेन्द्रप्रसाद और आचार्य विनोबा भावे गांधी जी के सिद्धान्तों और कार्यों में जो मानव-पक्ष है, उसके शायद राजाजी से अधिक ज्ञाता हैं, परन्तु गांधीजी के राजनैतिक पक्ष के राजाजी, राजेन्द्र बाबू और भावेजी से अधिक। सन् 1937 में जब सर्वप्रथम कांग्रेसवादियों ने प्रान्तों में मन्त्रिपद ग्रहण किए उस समय राजाजी सबसे सफल मुख्य मन्त्री थे। उसके बाद भी वे अनेक राजनैतिक पदों पर रहे, परन्तु, उन्हें सन् '37 वाली सफलता नहीं मिली। मैं इसका प्रधान कारण

यह मानता हूं कि उन्होंने सन् 1942 के स्वातन्त्र्य-युद्ध में भाग नहीं लिया।

सन् 1921 में जब मैंने सर्वप्रथम श्री राजगोपालाचार्य को देखा उस समय वे एक लम्बी शिखा रखते थे। चाणक्य के वर्णन में चाणक्य की शिखा का भी उल्लेख है; परन्तु इस उल्लेख के साथ कह भी कहा गया है कि चाणक्य ने जब नन्दवंश के नाश करने की प्रतिज्ञा ली उस समय अपनी शिखा की ग्रन्थि को खोल दिया था और प्रण किया था कि नन्दवंश के नाश के उपरान्त ही वे अपनी शिखा को पुनः बांधेगे। राजाजी का मिलान चाणक्य से किया जाता है यह शायद उन्हें ज्ञात होगा अतः आधुनिक काल में ब्रिटिश राज्य का अन्त करने के लिए राजाजी ने अपनी शिखा के सम्बन्ध में क्या सोचा होगा, यह तो वे ही जानें, पर कुछ वर्षों बाद उनके सिर की शिखा सर्वथा समाप्त अवश्य हो गई। राजाजी ठिगने कद के हैं, रंग गेहुआं, शरीर दुबला-पतला। दाढ़ी-मूंछें मुड़ी हुई। दृष्टि कितनी पैनी है यह इसलिए नहीं दिखता कि आंखों पर गहरे रंग के कांचों का चश्मा रहता है। वेश-भूषा बड़ी सादी, कुरता, धोती और कुरते पर घड़ी किया हुआ दुपट्टा। जब वे भारत के गवर्नर-जनरल थे तब भी उनके इस वेश में कोई परिवर्तन नहीं हुआ था। रहन-सहन भी उनकी अत्यन्त सादी है।

राजाजी उन व्यक्तियों में नहीं हैं जो राजनीति में अंग्रेज़ी शब्द 'कन्सिस्टेन्सी' को कोई महत्त्व देते हों। वे उन राजनीतिज्ञों में हैं जो कन्सिस्टेन्सी को गधे का गुण मानते हैं। इसीलिए हम देखते हैं कि सन् 1922 में जिन राजाजी ने स्वराज्य पार्टी और कौंसिल-प्रवेश का घोर विरोध किया था उन्हीं राजाजी में कितने शीघ्र इस विषय में कितना परिवर्तन हुआ। यही बात हिन्दी के सम्बन्ध में भी हुई। सन '37 में जब वे मद्रास के मुख्य मन्त्री थे तब उन्होंने हिन्दी का इतना समर्थन किया कि हज़ारों हिन्दी-विरोधियों को जेल भेजा और आज वे हिन्दी के जितने विरोधी हैं, देश में शायद ही कोई हो। आगे चलकर उनके मतों में न जाने कितने परिवर्तन होंगे।

दक्षिण भारत ने आधुनिक काल में बड़े-बड़े व्यक्तित्वों को जन्म दिया है। श्री श्रीनिवास शास्त्री, श्री सी० पी० रामास्वामी अय्यर, श्रीश्रीनिवास आयंगर, श्री सत्यमूर्ति आदि इस काल के अनेक व्यक्ति राजनैतिक क्षेत्र में दक्षिण भारत में आगे आये, परन्तु राजाजी के व्यक्तित्व को इनमें से कोई भी इस प्रकार न दबा सका जिस प्रकार उन्हें आधुनिक काल की दक्षिण भारत की ब्राह्मण और अब्राह्मण समस्या ने दबाया है। उनसे कहीं छोटे लोग एक प्रकार से उनका राजनैतिक क्षेत्र से निष्कासन करने में सफल हो गए। यह जातिवाद जो न कर बैठे वह थोड़ा है। ऐसे समय में आत्मसम्मान की दृष्टि से स्वयं को हटा लेने की क्षमता विरलों में ही होती है। राजाजी दार्शनिक और साहित्यिक भी बड़े ऊंचे दर्जे के हैं। राजनैतिक क्षेत्र से अवकाश ग्रहण करने की बात भी बहुत समय से करते रहे हैं और समय-समय पर इस कथन को व्यवहार में भी न लाते हों यह भी नहीं, पर अवकाश लेने के बाद बार-बार वे राजनैतिक क्षेत्र में लौट भी पड़ते हैं। हाल ही में उन्होंने 'स्वतन्त्र दल' नामक राजनैतिक दल की स्थापना की है। राजाजी के सदृश व्यक्ति के लिए किसीका यह कहना कि उनकी राजनैतिक क्षेत्र की आसक्ति अभी अनासक्ति में परिणत नहीं हुई है, दुस्साहस होगा।

हमारे बड़े से बड़े व्यक्तित्वों का विदेशों में कितना ज्ञान है इस सम्बन्ध में मुझे उस समय की एक बड़ी दिलचस्प घटना का अनेक बार स्मरण हो आता है। सन् '40 में कांग्रेस मन्त्रिमण्डलों ने जब त्यागपत्र दिए थे और उसके थोड़े दिनों बाद ही हम सब लोग गिरफ्तार हुए थे उस समय मैंने किसी पत्र में पढ़ा था कि राजाजी की गिरफ्तारी पर बर्लिन के रेडियो ने कहा था कि भारतीय नरेश भी अंग्रेज़ी सरकार के विरुद्ध हो गए हैं, क्योंकि गोपालाचारी के राजा भी गिरफ्तार किए गए हैं।

आचार्य विनोबा भावे

सन् 1940 में जब गांधीजी ने विश्वव्यापी युद्ध के विरुद्ध नैतिक विरोध के रूप में व्यक्तिगत सत्याग्रह आरम्भ किया उस समय उन्होंने कहा था कि यह नैतिक विरोध वे ऐसे सत्याग्रहियों द्वारा कराना चाहते हैं जिनकी ओर नैतिकता की दृष्टि से सभीका ध्यान आकर्षित हो, और जो सत्याग्रह के सारे दर्शन को समझकर उसमें पूर्ण आस्था रखते हों। ऐसे सत्याग्रहियों में महात्मा गांधी ने प्रथम स्थान दिया श्री आचार्य विनोबा भावे को ; जवाहरलालजी तक उसके बाद आए।

इस महान घटना के पूर्व देश में भावेजी को बहुत कम लोग जानते थे, क्योंकि वे वर्धा के निकट पवनार नामक स्थान पर एक आश्रम में रहते हुए चुपचाप गांधीजी के रचनात्मक कार्यों को किया करते थे, परन्तु हम गांधीजी के अनुयायी भावेजी को न जानते हों यह बात नहीं थी। फिर उस समय के मध्यप्रदेश का वर्धा भी एक ज़िला था ; और उस समय के मध्यप्रदेश की राजधानी नागपुर के अत्यन्त सन्निकट। अतः हम मध्यप्रदेश निवासियों का वर्धा से कुछ न कुछ सम्बन्ध रहता ही था। हम विनोबाजी को जानते थे, इतना ही नहीं, हम यह भी जानते थे कि दार्शनिक मामलों में गांधी के प्रमुख सलाहकार भी विनोबाजी ही हैं।

गौरवर्ण का यह बाल-ब्रह्मचारी, न बहुत ऊंचा, न ठिगना, दुबली-पतली आकृति का है। ब्रह्मचर्य और तपस्या का अद्‌भुत तेज इसके आनन पर विराजता है। सिर के फैले हुए बाल और मुख पर की दाढ़ी विनोबाजी को ऋषियों की सी आकृति दे देती है। सिर के बाल काले हैं और दाढ़ी सफेद।

विनोबाजी और डा० भगवानदासजी दोनों के ही बालों की यह अद्‌भुत विशेषता का कारण मैं सोचता रहा। कुछ वैज्ञानिकों का मत है कि बालों की सफेदी मस्तिष्क की कमज़ोरी से आती है, जब मष्तिष्क ही कमज़ोर न हुआ हो तब सिर के बाल सफेद क्यों हों। फिर विनोबाजी उच्चकोटि के विद्वान हैं, इतना ही नहीं, मौलिक विचारक भी हैं। उनकी यह विद्वत्ता और मौलिक विचारधारा श्रीमद्भगवद्‌गीता तथा अन्य प्राचीन ग्रन्थों की व्याख्या के समय आधुनिक सामाजिक समस्याओं के हल करने के उपायों का वर्णन करते समय इहलोक और परलोक दोनों के ही हर प्रकार के चिन्तन और उस चिन्तन के वर्णन के समय हर स्थान पर बहती हुई दीख पड़ती है। दार्शनिक दृष्टि से इस काल में शायद कोई भी विद्वान इतनी मौलिक विचारधारावाला नहीं है जितने विनोबाजी। उनके लेखन और प्रवचन दोनों ही ऐसे विद्वत्तापूर्ण साथ ही मौलिक रहते हैं कि उन कृतियों को पढ़ते समय तथा उन भाषणों को सुनते समय विनोबाजी की महान विद्वत्ता और अद्‌भुत मौलिकता का पता लगता है। फिर विद्वत्तापूर्ण कृतियां और भाषण प्रायः बोझल तो जाते हैं। विनोबाजी की मौलिकता के कारण वे बोझल नहीं होने पाते वरन् मनोरंजक रहते हैं। विनोबाजी केवल विचारक हैं यही नहीं, विचारक के साथ वे कर्मठ भी हैं। स्वाधीनता के आन्दोलनों तक ही वे कर्मठ रहे हों, यह नहीं। स्वराज्य प्राप्त हो जाने के बाद भी देश के नवनिर्माण में उनकी कर्मठता और बढ़ी है और यह विधानसभाओं के भीतर अथवा मन्त्रिमण्डलों के अन्दर कैद नहीं है, भूदान आन्दोलन के रूप में जनता के बीच आई है। फिर उनकी यह कर्मठता साधारण कर्मठता नहीं है। रेलों, मोटरों और हवाई जहाज़ों के इस युग में भी वे पदयात्रा को सबसे अधिक महत्त्व देते हैं। इसका कारण है। पदयात्रा में जो जनसम्पर्क होता है, वह तेज़ सवारियों में बैठकर जानेवाली यात्राओं में नहीं। भूदान के कार्य में मैंने स्वयं पदयात्राएं की हैं, और व्यक्तिगत अनुभव के आधार पर इन पदयात्राओं से किस प्रकार का

जनसम्पर्क होता है, यह मुझे मालूम है। हमारे देश के ही नहीं, किसी देश के भी नवनिर्माण में शायद इस प्रकार का गैरसरकारी निर्माण नहीं हुआ जैसा इस देश में भूदान आन्दोलन के रूप में हो रहा।

इस देश के आधुनिक इतिहास में तो मैं यह मानता हूं कि जनजागृति के दो ही सबसे बड़े आन्दोलन हुए—एक स्वतन्त्रता प्राप्त करने का और दूसरा देश के नवनिर्माण भूदान का। सन् 1952 में जब मैं अमेरिका में था उस समय भूदान आन्दोलन को चले कुछ समय व्यतीत हो चुका था और विनोबाजी को लगभग दस लाख एकड़ ज़मीन मिल चुकी थी। इस आन्दोलन का वृत्त संसार में फैल चुका था और अमेरिका में भी पहुंच गया था। जब मैं सेनफ्रांसिस्को में भारत की वर्तमान परिस्थिति पर भाषण दे रहा था उस समय वहां के एक पत्रकार ने खड़े होकर मुझसे पूछा—"आपके देश की सच्ची स्थिति को हम पश्चिम के रहनेवाले भली भांति नहीं समझ पाते। आपको स्वतन्त्रता मिल गई बिना एक बूंद भी रक्त बहाए। जब अंग्रेज़ों ने आपका देश छोड़ा उस समय आपके देश में लगभग छः सौ ऐसे राजा-महाराजा थे जो इस बात लिए स्वतन्त्र थे कि भारतीय संघ में सम्मिलित हों या न हों, उन सबने बिना किसी झगड़े-झांसे के अपने सब अधिकार भारतीय संघ को सौंप दिए और अब एक फकीर आपके देशवासियों से ज़मीन मांग रहा है, उसे अब तक एक मिलियन एकड़ ज़मीन मिल भी गई है और मिलती जा रही है ; आपके देश में यह सब कैसे सम्भव है ? क्या इसे आप समझा सकते हैं ?" मैंने भी इसके कारण पर उस समय तक कोई विशेष ध्यान नहीं दिया था परन्तु उन पत्रकार महोदय के प्रश्नों को सुन मेरा ध्यान तत्काल इस ओर गया और मैंने उन्हें उत्तर दिया, "भारत में यह सब उसकी प्राचीन संस्कृति की परम्परा के कारण हो सका है और हो रहा है।" मैंने हंसते हुए उनसे यह भी कहा कि "संसार में भारत ही तो ऐसी पुण्यभूमि है जहां भगवान स्वयं अवतार धारण करते

हैं। और जिस प्रकार एक बूंद भी खून बहे बिना भारत स्वाधीन हुआ तथा जिस प्रकार रक्तविहीन क्रान्ति भूदान द्वारा विनोबाजी कर रहे हैं वही मार्ग केवल भारत के लिए नहीं पर अब तो युद्ध की विभीषिका से कांपते हुए समस्त संसार के त्राण का एकमात्र मार्ग है।"

जैसा ऊपर लिखा है यों तो हम लोग विनोबाजी से बहुत समय से परिचित थे, परन्तु उनका और मेरा निकट सम्पर्क सन् 1942 के स्वातन्त्र्य-युद्ध के समय हुआ जब वे और मैं दोनों नागपुर जेल में थे। उन दिनों विनोबाजी प्रातःकाल श्रीमद्भगवद्गीता की ज्ञानेश्वरी टीका पर मराठी भाषा में और सायंकाल श्रीमद्भगवद्गीता पर स्वयं हिन्दी में प्रवचन किया करते थे। प्रायः सभी राजनैतिक कैदी उस समय उनकी बैरक में जमा हो जाते थे। कैसे विद्वत्तापूर्ण और मौलिक होते थे वे प्रवचन। अनेक लोग उनके प्रवचनों के नोट भी लेते जाते थे। मैं भी नोट लेनेवालों में एक था। वे नोट उसी रूप में अब तक मेरे पास सुरक्षित हैं और समय-समय पर उनसे मुझे आन्तरिक बल भी प्राप्त होता है। नागपुर जेल से हममें से कुछ लोगों का मद्रास प्रदेश के वैलोर जेल को तबादला हुआ। भारतवर्ष के दो ही प्रदेशों में राजनैतिक कैदियों के उस समय इस प्रकार के अन्तर्प्रान्तीय तबादले हुए थे—एक मध्यप्रदेश के कैदियों का मद्रास प्रदेश में और दूसरे मद्रास प्रांत के कैदियों को मध्यप्रदेश में। विनोबाजी और मैं उन कैदियों में थे जो मध्यप्रदेश से वैलोर भेजे गए थे। नागपुर जेल में विनोबाजी का और मेरा जो सम्बन्ध जुड़ा था वह वैलोर में और बढ़ा। वैलोर जेल में उनके गीता के प्रवचन तो बन्द हो गए परन्तु उसी समय गांधीजी का पूना के आगाखां महल का इक्कीस दिन का उपवास आया। गांधाजी के उपवास के साथ ही विनोबाजी का भी उपवास आरम्भ हुआ और उसकी समाप्ति भा गांधीजी के उपवास के साथ ही हुई। आत्मिक शक्तिवाले गांधीजी और उसी शक्तिवाले विनोबाजी। फिर गांधीजी दुबले-पतले होने पर भी

तगड़े थे, विनोबाजी में वह तगड़ापन नहीं ; हां, गांधीजी की और उनकी अवस्था का अन्तर अवश्य था, पर आत्मिक शक्ति रखनेवाले व्यक्तियों पर शायद अवस्था का भी बहुत असर नहीं पड़ता। तभी तो अब साठ वर्ष के ऊपर के होने पर भी विनोबाजी भूदान में लगातार मीलों पदयात्राएं किया करते हैं। वैलोर जेल में उनसे मेरा जो सम्बन्ध बढ़ा उसी के कारण जेल से छूटने के बाद मैंने उन्हें खंडुवा की अपनी माताजी की धर्मशाला के श्रीलक्ष्मीनारायण के मन्दिर की प्रतिष्ठा के लिए निमन्त्रित किया। वे खंडुवा पधारे। इस मन्दिर की प्रतिष्ठा में एक विशेष बात यह हुई कि लक्ष्मीनारायण की मूर्ति के साथ सब धर्मों के ग्रन्थों की भी प्रतिष्ठा की गई। इस मन्दिर में बाइबिल, कुरान, बौद्ध धर्मग्रन्थ, जैन धर्मग्रन्थ, पारसी धर्मग्रन्थ, सिक्खों के ग्रन्थसाहब आदि सभी धर्मग्रन्थों की प्रतिष्ठा हुई। विनोबाजी को यह आयोजन बड़ा रुचिकर हुआ। उनके उस समय के भाषण की मुझे एक बात सदा याद आया करती है। मूर्तिपूजा के सम्बन्ध में उन्होंने एक मौलिक बात कही थी। उन्होंने कहा था—"जिस प्रकार बिजली सब जगह व्याप्त रहने पर भी वह हमें बिजली के लट्टुओं आदि में दिखाई देती है उसी प्रकार ईश्वर के सब जगह व्याप्त रहने पर भी उसके दर्शन हमें मूर्ति में होते हैं।" खंडवा के इस आयोजन के बाद भूदान के आन्दोलन के समय ता उनका और मेरा सम्बन्ध बहुत अधिक बढ़ गया। भदान के कार्य में मैंने भी उनके एक छोटे-से अनुयायी के सदृश कार्य किया है। मुझपर उनके व्यक्तित्व और उनके दर्शन (फिलासफी) का जितना प्रभाव है उतना इस समय के किसी नेता का नहीं। विनोबाजी भी इस बात को जानते हैं। यह मुझे उनके पत्र-व्यवहार से अधिकाधिक जान पड़ता है। और सबसे अधिक मुझे उस सन्देश से मालूम हुआ जो उन्होंने मेरे उस अभिनन्दन ग्रन्थ में भेजा है जो मेरा हीरक जयन्ती के अवसर पर जवाहरलालजी ने मुझे देने की कृपा की थी। अनुयायियों को इस प्रकार समझने की विरल नेताओं में क्षमता रहती

है। विनोबा जी की इस क्षमता को जानने के लिए इस सन्देश के कुछ अंश को यहां उद्धृत करना अनुचित न होगा। वे लिखते हैं—

"वैसे गोविन्ददासजी का शारीरिक परिचय सन् 42 के आन्दोलन में, हम जेल में एकसाथ रहे, तब से है। पर मुझे लगा कि उनका आत्मिक परिचय मुझे बहुत पुराना है ; मैं नहीं कह सकता कितना पुराना है। उनके हृदय में ईश्वरभक्ति और देशसेवा की लालसा के साथ कुछ राजनैतिक, मैं आकांक्षाएं नहीं कहूंगा, पर भावनाएं हैं। ये नहीं होतीं तो वे परिपुष्ट पुष्टि हासिल करते, ऐसा उनका हृदय है। भगवान की खूबी है कि वह हरएक के हृदय में कोई न कोई वासना रख देता है, जिससे जीवनसंघर्ष बना रहे। मैं आशा करता हूं कि भगवान उन्हें दीर्घायु और आत्मबल देगा, जिससे संघर्ष से पार होकर इसी देह में इन्हीं, आंखों, दास को गोविन्द की लब्धि होगी।" विनोबाजी ने मेरे भूदान-यज्ञ नाटक की भूमिका लिखने की भी कृपा की है।

'नवीन'जी ने विनोबाजी पर जो कविताएं लिखी हैं, उससे सुन्दर और सच्चा उनका वर्णन शायद कहीं नहीं हुआ। उन्हीं छन्दों की कुछ पंक्तियों से इस रेखाचित्र का अन्त करना उचित होगा—

"तुंग शैल हे, गहन सिन्धु हे,
तुम असीम आकाश प्रमाण,
गुण निधान हे, नित अकाम तुम,
मानवता की एक उड़ान।
हे मानवी क्रान्ति की झंझा,
हे तुम मानव के कल्याण
कालपुरुष हे, भाल चक्षु हे,
व्याल वशीकर, अमृत निधान।"

डा० राजेन्द्रप्रसाद

आचारहीनता और अवगुण एक सुन्दर से सुन्दर व्यक्ति को भी किस प्रकार अभद्र और अनाकर्षक बना देते हैं तथा सच्चरित्नता, सरलता, सौजन्यता और सहृदयता आदि सद्‌गुण एक अनाकर्षक व्यक्ति को भी कितना आकर्षण बना देते हैं इसके मानवजीवन में उदाहरण कम नहीं मिलते।

सच्चरित्नता, सरलता, सौम्यता और सहज विनम्रता के मूर्तिमन्त रूप डा० राजेन्द्रप्रसाद जी ऐसे ही व्यक्तियों में थे जिनमें रूप-स्वरूप का आकर्षण न होते हुए भी अपने भद्र और भव्य गुणों के कारण एक दैवी तेज से व्याप्त सर्वसाधारण के लिए आकर्षण का केन्द्र बन गए थे। फिर उनके व्यक्तित्व की पृष्ठभूमि में जो सिद्धान्तवादिता, निस्पृहता, निश्छलता और जीवन-भर की अटूट सेवा रही है वह भी उन्हें देखते ही स्मरण आए बिना नहीं रहती थी। गांधीजी का प्रभाव इस देश के ही नहीं, अब तो सारे संसार के मानव-जीवन के हर क्षेत्न पर पड़ा है। यह प्रधानतया इसलिए कि उनके सारे दर्शन (Philosophy) का आधार मानवता था। उनके विविध प्रकार के कार्यों में जो मानवता का पक्ष था उसे सबसे अधिक समझनेवाले और उस ज्ञान के अनुसार कर्म करनेवाले सबसे अग्रणी डा० राजेन्द्रप्रसाद रहे हैं। राष्ट्रपति के सर्वोच्च पद पर प्रतिष्ठित रहने पर भी और राष्ट्रपति भवन के सदृश महान वैभवशाली भवन में निवास करने पर भी राजेन्द्र बाबू का नित्य का जीवन सदा उसी प्रकार चलता रहा जिस प्रकार उस समय चलता था

जब वे पटना के सदाकत आश्रम में कांग्रेस के एक कार्यकर्ता के रूप में रहा करते थे। गीता की 'पद्मपत्र मिवांभसा' उक्ति उनके जीवन में शायद सबसे अधिक चरितार्थ हुई थी।

सांवला रंग, ऊंचा कद, कभी का बहुत दुबला-पतला शरीर जो बाद में खूब भर गया था। यही हाल चेहरे का भी हुआ था। राष्ट्रपति के पद पर प्रतिष्ठित रहने के कारण और विदेशों के लोगों की विविध प्रकार की मुलाकातों के कारण राजेन्द्र बाबू को शेरवानी और चूड़ीदार पाजामा तो पहनना पड़ता था पर शायद उन्हें आराम उसी कुरते और धोती में मिलता था जो वे कांग्रेस के कार्यकर्ता की हैसियत से वर्षों से पहनते रहे थे। और टोपी तो उनकी लाख प्रयत्न करने पर भी कभी व्यवस्थित रहती ही नहीं थी।

डाक्टर साहब का बाल्यकाल दुःख में ही बीता था। अल्प वयस में पिता का वियोग हो जाने पर उनकी शिक्षा का सारा प्रबन्ध उनके बड़े भाई महेन्द्रप्रसादजी ने किया। महेन्द्रप्रसादजी ने उनसे चाहे पिता के सदृश ही व्यवहार किया हो, परन्तु पिता और भाई में जो स्वाभाविक अन्तर होता है और भाई की सहायता लेने में भाई को जो स्वाभाविक संकोच होता है उससे राजेन्द्र बाबू मुक्त नहीं रहे। राजेन्द्र बाबू का सारा शिक्षण कलकत्ता विश्वविद्यालय की छाया में हुआ। उस समय मैट्रिक की परीक्षा, एण्ट्रेंस की परीक्षा कही जाती थी और उसके लिए अभी के सदृश पृथक बोर्ड नहीं था। वह व्यवस्था भी विश्वविद्यालय के हाथ में थी। जिस वर्ष राजेन्द्र बाबू एण्ट्रेन्स की परीक्षा में उत्तीर्ण हुए उस वर्ष कलकत्ता विश्वविद्यालय की एण्ट्रेस परीक्षा में सर्वप्रथम आए। बिहार निवासियों के लिए यह कम गर्व की बात नहीं थी, क्योंकि बंगाल की तुलना में बिहार बहुत पिछड़ा माना जाता था। इसके पश्चात उन्होंने कालेज में बिहारी विद्यार्थियों का क्लब स्थापित किया। कुछ लोगों को इस प्रकार

की संस्थाओं में प्रादेशिक अथवा जातीयता की गंध आती है। कुछ दूर तक यह सही भी है, परन्तु भारतवर्ष की उस समय की परिस्थिति में जब इस तरह की प्रादेशिक संस्थाओं अथवा जाति सभाओं आदि का दौर-दौरा था, इस तरह की अनेक संस्थाओं से राष्ट्रीयता को उस समय पोषण भी मिला। मारवाड़ियों की अग्रवाल महासभा, माहेश्वरी महासभा, खंडेलवाल महासभा, ओसवाल महासम्मेलन आदि जातीय संस्थाओं ने भी कितने राष्ट्रवादी उत्पन्न किए। सेठ जमनालाल बजाज, श्रीकृष्णदास राजू आदि इस काल के अनेक महान व्यक्तित्व इन जातिसभाओं में से ही निकले हैं तथा इन लोगों ने इन जातीय सभाओं से अनेक लोगों को राष्ट्रीय कार्यों में खींचा। राजेन्द्र बाबू ने इसी बिहारी क्लब द्वारा बिहार के युवकों का संगठन किया। जिसके कारण पटना में सन् 1906 में उस बिहारी युवक कान्फ्रेंस का संगठन हुआ जो राजेन्द्र बाबू और बिहार के जावन में एक विशेष महत्त्व रखती रही। राजेन्द्र बाबू का सारा विद्यार्थी जीवन जाज्वल्यमान रहा। एण्ट्रेन्स के सदृश ही वे अपनी समस्त परीक्षाओं में सर्वप्रथम आते रहें। उनके विद्यार्थी जीवन की एक बड़ी प्रसिद्ध कथा है। कलकत्ता विश्वविद्यालय के एक परीक्षक ने विद्यार्थियों के लिए सात प्रश्न रखकर उनसे कहा कि उन सात में से किन्हीं भी पांच प्रश्नों का वे उत्तर दें। राजेन्द्र बाबू ने सातों प्रश्नों का उत्तर दिया और यह परीक्षक पर छोड़ दिया कि उन सात में से पांच जो वे उचित समझे छांट लें। सातों प्रश्नों का ऐसा सांगोंपांग उत्तर था कि परीक्षक को किन दो प्रश्नों का उत्तर छोड़ा जाए इसके निर्णय में काफी कठिनाई पड़ी। उसने यह मत व्यक्त किया कि परीक्षक से भी परीक्षार्थी उच्च कोटि का है।

विद्यार्थी जीवन समाप्त कर राजेन्द्र बाबू ने हाईकोर्ट में वकालत आरम्भ की और वे बहुत शीघ्र अपने पेशे में चमके। अल्पवयस में ही वे हाईकोर्ट के न्यायाधीश बनाए जाने वाले थे, परन्तु जिस स्थिति में वे

आगे चलकर आनेवाले थे उसके सामने हाईकोर्ट का यह स्थान तुच्छ था। चम्पारन में गांधीजी ने जो सत्याग्रह सन् 1917 में चलाया उसके कुछ पूर्व ही वे गांधीजी के सम्पर्क में आ गए और इस प्रथम सम्पर्क ने ही उनको जीवन-भर के लिए गांधीजी का अनुयायी बना दिया।

सन् 1920 से देश की स्वतन्त्रता प्राप्त होने तक गांधीजी के जितने आन्दोलन चले उन सबमें राजेन्द्र बाबू का किस प्रकार का सक्रिय योग रहा है यह किसीसे छिपा नहीं है। स्वराज्य के पश्चात् संविधान सभा के सभापति पद पर वे प्रतिष्ठित हुए। और उसके पश्चात् देश के राष्ट्रपति पद पर। परन्तु इन सब पदों की अपेक्षा भी मेरी दृष्टि से वे अपने जीवन के सर्वोच्च पद पर उस समय थे जब उन्होंने बिहार के भूकम्प-पीड़ितों की सेवा की थी।

राजेन्द्र बाबू में जो सच्चरित्रता, सरलता, सौम्यता और सौजन्यता थी उसका प्रभाव उनके विरोधियों तक पर पड़ता था। जिस अंग्रेज़ी शासन को उलटने के लिए उन्होंने सब कुछ किया उस शासन के शासक भी उनके इन गुणों के कारण उनके प्रति कभी भी कट नहीं हो सके। इसके सबसे बड़े प्रमाण राजेन्द्र बाबू के विविध कारावास थे। देश के अन्य नेताओं को जब वर्षों की सज़ाएं दी जाती थीं तब राजेन्द्र बाबू को महीनों की। फिर अपने साथियों और अनुयायियों के प्रति तो राजेन्द्र बाबू का जैसा सौम्य और सरल व्यवहार रहा उसे उनके किसी भी साथी और अनुयायी के लिए जीवन-भर भूल सकना कठिन नहीं असम्भव है। इस सौम्यता और सरलता के मुझे भी न जाने कितने अनुभव हैं। मैं सर्वप्रथम उनके सम्पर्क में आया, सन् 1920 में उस समय जब पटना में हिन्दी-साहित्य सम्मेलन का अधिवेशन था, जिसकी स्वागत-समिति के राजेन्द्र बाबू मंत्री थे। यह अधिवेशन हमारे मध्यप्रदेश में हिन्दी भाषाभाषी विभाग के प्रथम सार्वजनिक नेता पं० विष्णुदत्तजी शुक्ल की अध्यक्षता

में हुआ था। मैं भी शुक्लजी के साथ सम्मेलन के इस अधिवेशन में गया था। इसके बाद मेरा राजेन्द्र बाबू से पत्र-व्यवहार होता रहा। इस पत्र-व्यवहार में मुझसे आयु में बड़े होने पर भी वे मुझे 'श्रद्धेय सेठजी' लिखा करते थे। उनके उस काल के पत्र अभी भी मेरे पास सुरक्षित हैं। कांग्रेस के आन्दोलनों में भी उनका और मेरा सम्पर्क रहा, परन्तु संविधान सभा में जब वे उसके अध्यक्ष थे और मैं उसका सदस्य, तब यह सम्पर्क बहुत बढ़ गया। वह इस कारण से कि भारतीय संस्कृति से सम्बन्ध रखनेवाले जिन प्रश्नों से मेरा अनुराग था उनसे राजेन्द्रप्रसाद जी का भी। मैंने संविधान में भारत का नाम 'भारत' रखवाना चाहा, हिन्दुस्तान नहीं, देश की राजभाषा हिन्दी बनवानी चाही, गोरक्षा-संबंधी एक धारा संविधान में जुड़वानी चाही ; मेरे इन सभी प्रयासों में अध्यक्ष के निष्पक्ष पद पर रहते हुए तथा पूर्ण निष्पक्षता रखते हुए भी डाक्टर साहब जो सहायताएं कर सकते थे, उन्होंने सारी सहायता की; उनकी तो यहां तक इच्छा थी कि हमारा संविधान मूल में हिन्दी भाषा में स्वीकृत हो और अंग्रेज़ी 'भाषा का संविधान उसका अनुवाद माना जाए। पर यह खेद की बात है कि ऐसा नहीं हो सका। मैं इसे खेद की बात इसलिए मानता हूं कि आगे चलकर जब भी संविधान-सम्बन्धी विवाद उठेंगे तब अंग्रेज़ी का स्थान हिन्दी के ले लेने पर भी हमें अपने मूल अंग्रेज़ी संविधान की ही शरण लेनी पड़ेगी।

राजेन्द्रप्रसादजी की सादगी और सरलता से संबंधित उनके जीवन की अनेक घटनाएं प्रसिद्ध हैं ; ऐसी घटनाओं में से एक-दो घटनाओं का यहां उल्लेख करना अनुपयुक्त न होगा। एक बार वे बिहार के किसी सरकारी अफसर से मिलने गए, और उन्होंने अपने नाम की एक चिट चपरासी के हाथ उन अफसर महोदय को भेज दी। जिस समय वे इस अफसर से मिलने गए उस समय जाड़े की रात थी। अफसर महाशय कुछ लिख रहे थे अतः उन्होंने उस चिट की ओर ध्यान नहीं दिया। कुछ समय

बीतने पर जब उस अफसर ने वह चिट देखी और वह सकरपकाकर बाहर निकला तो उसने राजेन्द्र बाबू को अपने चपरासियों के साथ बंगले के अहाते में अलाव तापते हुए पाया। इसी प्रकार एक बार जब वे अखिल भारतीय कांग्रेस कमेटी के किसी अधिवेशन गें गए तो उनकी गाड़ी चूक गई और वे उसके बाद की गाड़ी से अपने अभीष्ट स्थान को पहुंचे। रात्रि का समय था और जिस गाड़ी से राजेन्द्र बाबू पहुंचनेवाले थे उस गाड़ी पर तो उन्हें लेने वहां के कांग्रेसी कार्यकर्ता पहुंचे थे, पर जिस दूसरी गाड़ी से राजेन्द्र बाबू पहुंचे उस गाड़ी पर नहीं। वे गाड़ी से उतरे, पर जब उन्हें स्टेशन पर कोई कांग्रेसी कार्यकर्ता नहीं दिखा तब उन्होंने अपना कोई परिचय न देते हुए स्टेशन के कर्मचारियों से पूछा कि क्या कोई स्थानीय कांग्रेसी कार्यकर्ता यहां आए हैं। राजेन्द्र बाबू की जैसी आकृति थी उसे देखते हुए किसीने उनकी ओर ध्यान नहीं दिया। तब अपना छोटा-सा बिस्तर बगल में दबाए हुए वे अकेले पैदल ही कांग्रेस के कैम्प में पहुंचे जो स्टेशन से कुछ मील पर था।

इसी प्रकार जब वे भारत के प्रथम राष्ट्रपति होकर राष्ट्रपति भवन में आए तो उन्होंने अपने निवास आदि की व्यवस्था देखी। अन्य बातों के साथ जब उन्हें शयन के लिए एक पलंग दिखाया गया जो ऊपर स्प्रिंगदार मखमल के आवरण से सुसज्जित था तो उन्होंने उसे अपने दाहिने हाथ से ज्योंही दबाया तो उनका हाथ उसके स्प्रिंगदार होने के कारण काफी नीचे तक चला गया। उन्होंने उसे लक्ष्य कर कहा—इस पलंग पर सोनेवाले की वही दशा होगी जो भरे हुए घी के कनस्टर में कटोरी की होती है। इसपर सोने वाला बिलकुल नीचे चला जाएगा। सचमुच जिस त्यागमय कष्ट साध्य और सरल जीवनपद्धति से उन्होंने अपना इतना व्यक्तित्व बनाया था ऐसे आरामदेह पलंग पर सोने और ऐसी भोग-विलास की सामग्री का उपभोग करने से सहज ही नष्ट हो

जानेवाला था। भला राजेन्द्र बाबू जैसे साधुवृत्ति के व्यक्ति से यह असावधानी कैसे संभव थी। अतः उसे उन्होंने वहां से हटवाकर अपने लिए एक काष्ठ के तख़्त की व्यवस्था करने का आदेश दिया। तत्काल एक लकड़ी के तख़्त की व्यवस्था की गई जिसपर एक रुई-भरा गद्दा डालकर राजेन्द्र बाबू अपने राष्ट्रपतिकाल में सदा सोते रहे। इस प्रकार वे सदा 'भरतहि होइ न राजु मद विधि हरिहर पद पाय' के अनुवर्ती रहे।

डाक्टर राजेन्द्र प्रसादजी एक साहित्यकार भी थे और हिन्दी के बड़े भारी समर्थक। हिन्दी में उनकी कुछ साहित्यक कृतियां भी हैं जिनमें सबसे महत्त्वपूर्ण है उनकी आत्मकथा। हिन्दीभाषा के लिए यह गौरव की बात है कि स्वतंत्र भारत के प्रथम राष्ट्रपति ने अपनी आत्मकथा मूल में हिन्दी में लिखी है। परन्तु, साहित्यक होते हुए भी वे किसी ऐसे साहित्य के रचयिता नहीं बन पाए जिस साहित्य का स्थायी महत्त्व रहता है। उनकी आत्मकथा का भी ऐतिहासिक महत्त्व है, साहित्यिक नहीं। यथार्थ में यह आत्मकथा घटनाओं की क्रमबद्ध तालिका-मात्र है।

आधुनिक भारत में राजनैतिक क्षेत्र में गांधीजी और जवाहरलाल नेहरू के पश्चात् राजेन्द्र बाबू सबसे अधिक लोकप्रिय रहे। परन्तु उनका नाम और दर्शन उस रोमांच को उत्पन्न करने में समर्थ नहीं होता जो रोमांच गांधीजी और नेहरूजी का नाम और दर्शन उत्पन्न करता था। उनका व्यक्तित्व महान होते हुए भी उस प्रकार का क्रांतिकारी व्यक्तित्व नहीं था जैसा गांधीजी और नेहरूजी का रहा। एक विद्वान ने उनके संबंध में अंग्रेज़ी में जो वाक्य लिखा है वह सर्वथा सत्य है।

"His is a heroism without heroes, greatness without glory"

पं० जवाहरलाल नेहरू

74 वर्ष की अवस्था पूर्ण वृद्धावस्था मानी जाती है। इस अवस्था में रूप और आकृति दोनों में ही अन्तर आ जाता है। सुन्दर से सुन्दर दिखनेवाले व्यक्ति असुन्दर हो जाते हैं और अधिक से अधिक शक्ति रखनेवाले मनुष्य शक्तिहीन दिखने लगते हैं। परन्तु, जवाहरलाल नेहरू इस नियम के पूर्ण अपवाद रहे।

गोरे से गोरा रंग, जिसमें गुलाबी छाया, आंख, नाक, कान, होंठ, आनन के सब अवयव निसर्ग द्वारा ही ठीक ढंग से ढले हुए से और मस्तक के बीच के भाग में एक भी बाल न रहने के कारण अत्यधिक विशाल दीखनेवाला ललाट ; ऐसा था नेहरूजी का चेहरा। जिनकी चांद निकल आती है उनका मुख कुछ भद्दा-सा हो जाता है, परन्तु मेरी दृष्टि में सिर पर बाल न रहने के कारण नेहरूजी का सौन्दर्य उल्टा बढ़ गया था। फिर जैसा मुख वैसा ही सुगठित शरीर, आकृति और ऊंचाई में पर्याप्त आकर्षक। उनके जीवन के बीते हुए ये 74 वर्ष उनके आनन में न तो झुर्रियां ला पाए और न किसी प्रकार का झुकाव, जैसा वृद्धावस्था में प्रायः ठुड्डी के नीचे ग्रीवा में हो जाता है। इस अवस्था में प्रायः या तो शरीर मोटा होकर पेट निकल आता है या फिर कुछ दुबलापन आ जाता है। ये दोनों बातें भी नहीं हो पाई थीं। पेट में कुछ भारीपन अवश्य आ गया था पर उसे तोंद निकलना नहीं कहा जा सकता।

ऐसे सुन्दर पंडितजी की पोशाक भी सुन्दर और व्यवस्थित रहती थी। वे शेरवानी और चूड़ीदार पाजामा पहनते थे और सिर पर गांधी

टोपी लगाते थे। जाड़े को छोड़ शेष मौसम में शेरवानी सफेद ही रहती और पाजामा तो सदा ही श्वेत। गर्मियों में कुरता, चूड़ीदार पाजामा और शेरवानी की जगह जाकेट भी रहती थी जिस जाकेट का नाम मुद्दत से जवाहर जाकेट भी पड़ गया था। असहयोग आन्दोलन के पूर्व उनकी वेशभूषा पश्चिमी ढंग की रहती थी। असहयोग के काम में वे कुरते और जाकेट के साथ धोती पहनते और चादर ओढ़ लेते थे। स्वाधीनता-प्राप्ति के कुछ समय पूर्व से उसके कुछ समय बाद तक जब वे पश्चिमी देशों को जाते थे तब फिर से पश्चिमी ढंग की पोशाक लौट आती थी पर बहुत जल्दी ही वह भी जाती रही और जीवन के अंतिम क्षण तक सदा और सर्वत्र या तो गांधी टोपी के साथ शेरवानी और चूड़ीदार पाजामा चलता रहा या जवाहर जाकेट और कुरते के साथ चूड़ीदार पाजामा। पंडितजी की इस व्यवस्थित वेशभूषा के साथ उनकी शेरवानी या जाकेट के बीच के बटन में एक गुलाब का फूल अवश्य रहता जो उनके प्रकृति-प्रेम का प्रतीक बना सदा ताज़ा और तन्दुरुस्त रहनेवाले नेहरू का प्रतिनिधित्व करता उनके संगी, साथियों और समीपवर्तियों में अपना और उनका, प्रकृति और पुरुष जैसा एक अनुपम और आकर्षक, अक्षय सौरभ बिखेरता रहता।

जैसा ऊपर कहा गया है इस अवस्था तक भी उनकी शक्ति में कोई अन्तर नहीं पड़ा था। मस्तिष्क और शारीरिक दोनों प्रकार की शक्तियों से वे सदा सम्पन्न रहे। उनकी शारीरिक शक्ति का सबसे अधिक पता लगता था उनके चलने-फिरने के ढंग से। वे प्रायः तेज़ चाल से ही चलते। जब किसी ज़ीने पर चढ़ने या उतरने का अवसर आता तब प्रायः दो-दो सीढ़ियों इकट्ठी चढ़ते-उतरते। बड़ी से बड़ी भीड़ में लोगों को ठेलते हुए घुस जाना तथा कभी-कभी यहां-वहां छलांग मार कूद जाना आदि कृतियां उनकी शारीरिक शक्ति की द्योतक रहीं। उनकी मानसिक शक्ति

भी सदा वैसी ही रही जैसी उस समय थी जब वे युवक थे। ज़ब वे सरकार में नहीं थे उस समय उनकी इस मानसिक शक्ति का पता उनके जेल जीवन की साहित्यिक कृतियों से, अखिल भारतीय कांग्रेस कमेटी, कांग्रेस कार्यकारिणी समिति आदि के प्रस्तावों और वक्तव्यों इत्यादि के मसौदों से लगता था। जब वे सरकार में आए तब से विविध प्रकार के सरकारी कार्यों जिनमें भारत और विश्व की समस्याओं पर उनके निर्णय होते, लगता रहा। मुझे इसके दो व्यक्तिगत अनुभव हैं। एक उस समय का जब मैं सन् 1939 के कांग्रेस के त्रिपुरी अधिवेशन का स्वागताध्यक्ष था तथा दूसरा उस समय का जब सन् 1848 में श्री पुरुषोत्तमदासजी टण्डन कांग्रेस के सभापति थे और मैं कांग्रेस की कार्यकारिणी समिति का एक सदस्य। सन् 1939 में नेताजी सुभाषचन्द्र बोस के सभापति निर्वाचित हो जाने के कारण एक बड़ा भारी विवाद उठ खड़ा हुआ था, परन्तु इस विवाद के बावजूद उस समय उस अधिवेशन के प्रस्तावों का मसौदा पंडितजी ने बड़े धीरज और अथक परिश्रम के साथ बनाया। सन् 1951 में टण्डनजी से निरन्तर मतभेद रखते हुए भी पंडितजी ने सन् 1952 के चुनावों का कांग्रेस का घोषणापत्र अत्यन्त धीरज और तन्देही के साथ तैयार किया। ऐसे ही अवसरों पर धैर्य और सच्ची दिमागी ताकत का पता लगता है और विशेषकर पंडितजी के सदृश अधैर्य और तेज़मिज़ाजी के लिए प्रसिद्ध व्यक्ति का। कहते हैं जवाहरलालजी की इस शारीरिक और मानसिक शक्ति का प्रधान कारण उनका नियमपूर्वक व्यायाम और शीर्षासन करते रहना था। जो कुछ हो परन्तु जीवन के अंतिम दिनों तक शारीरिक बल और मस्तिष्क की अक्षय शक्ति से वे सदा समृद्ध रहे, इसमें संदेह नहीं।

समय पर धैर्यशाली रहने पर भी पंडितजी का स्वभाव बड़ा जल्दबाज़ और तेज़ था। यह उन्हें अनेक अच्छी चीज़ों के साथ एक बुरी चीज़ अपने

पिता पं० मोतीलालजी नेहरू से प्राप्त हुई। थी। मोतीलालजी बड़े प्रखर स्वभाव के थे, परन्तु उनमें जल्दीबाज़ी नहीं थी। जवाहरलालजी के स्वभाव में पिता से भी अधिक प्रखरता आ गई और इस प्रखरता के साथ जल्दीबाज़ी और जुड़ गई। उनके इस प्रखर स्वभाव के कारण अनेक बार अनेक अशोभनीय बातें भी हो जाया करती थीं। उनकी इस प्रखरता के कारण उनके निकट जाने और उनसे कुछ कहने का हर किसीको साहस नहीं होता था क्योंकि यह भय-सा बना रहता कि किसी क्षण भी वे कोई ऐसी बात न कर बैठे जिससे अपमान हो जाए। उनके स्वभाव के इस बुरे पहलू के साथ एक अन्य दृष्टि से बड़ा लाभ भी था—वह यह कि इतने बड़े देश के प्रधानमंत्री होने तथा इतने अधिक उत्तरदायित्वों का न्यायपूर्ण निर्वाह करने के लिए भी सभीसे अप्रभावित रखनेवाली यह प्रखरता आवश्यक ही नहीं, अनिवार्य भी होती है। रही जल्दबाज़ी की बात। सो एक भूखे-नंगे निर्धन देश का राष्ट्रनायक जिसका देश हर दिशा में पिछड़ा हो यदि जल्दबाज़ी ही नहीं अधैर्यभाव से काम न करे तो पौने दो सौ वर्षों की दासता के अभिशाप से मुक्ति के लिए क्या उसे सैकड़ों वर्षों तक प्रतीक्षा करनी होगी ? जो आज के वैज्ञानिक प्रगतिशील युग में सर्वथा असंभव है। फिर उनके इस स्वभाव में मैंने एक बात और देखी कि यदि पंडितजी से मतभेद हो और उसमें कोई तीव्र विवाद चल रहा हो तथा पंडितजी जोश में अकर कुछ कह रहे हों तो उनसे मतभेद रखनेवाला व्यक्ति यदि उनसे भी तीव्र हो जाए तो पंडितजी यकायक चुप भी हो जाते थे।

जवाहरलालजी की इच्छा ही भारत की इच्छा हो गई थी, उनकी आवाज़ ही भारत की आवाज़ बन गई थी। किसी सम्राट या तानाशाह की भी इच्छा और आवाज़ में मानव इतिहास ने इतना बड़ा बल नहीं देखा जितना जवाहरलालजी की इच्छा और आवाज़ में रहा। इतने पर भी वे सच्चे प्रजातन्त्रवादी थे और प्रजातन्त्र के उपासक होते हुए भी उन्होंने

गुट बनाना नहीं सीखा था। एक समय था जब कांग्रेस संस्था में कुछ लोग कहते थे कि पंडित नेहरू के साथ कांग्रेस में है ही कौन ? इसी भरोसे कुछ मनचलों ने उनका विरोध कर सन् 1952 के चुनाव में कांग्रेस को छोड़ा, पर ऐसे लोग ऐसे मुंह के बल गिरे कि उनका राजनैतिक जीवन ही बिगड़ गया। लोगों को समझ लेना चाहिए कि प्रजातन्त्र में जनता मुख्य होती है, गुटबन्दी नहीं। नेहरूजी ने अपना कोई गुट नहीं बनाया इतना ही नहीं, अपने से विरुद्ध राय रखनेवालों को भी वे समाप्त करना नहीं जानते, वरन् उनका समुचित आदर करते थे। मुझे इसके व्यक्तिगत अनुभव हैं। जब संविधान परिषद् में देश की राजभाषा हिन्दी हो या हिन्दुस्तानी इस विषय पर वाद-विवाद चल रहा था, हम हिन्दी के समर्थकों और पंडितजी में मतभेद हो गया, क्योंकि पंडितजी हिन्दुस्तानी के समर्थक थे। मैं उस समय हिन्दी साहित्य सम्मेलन का सभापति था। इस नाते हिन्दी पक्ष के संगठन का भार मुझपर पड़ा। संविधान सभा में कांग्रेसदल की दो बैठकों में इस विषय पर कि देश की राजभाषा का नाम हिन्दी हो या हिन्दुस्तानी मत लिए गए। दो बार मत लेने का कारण यह हुआ कि पहली बार के मतदान की वैधानिकता पर आपत्ति उठाई गई। पहली बार के मतदान में हिन्दी राजभाषा बनाई जाए, इसके पक्ष में 74 और इसके विपक्ष में 72 मत आए। दूसरी बार के मतदान में हिन्दी के पक्ष में 76 और उसके विपक्ष में 74 मत प्राप्त हुए। चूंकि बहुमत हिन्दी के पक्ष में था इसलिए जवाहरलालजी ने अपना आग्रह छोड़ दिया। इसी प्रकार एक और प्रसंग तब उपस्थित हुआ जब मेरे गोवध निषेध विधेयक पर लोकसभा में चर्चा चल रही थी। यह बात है सन् 1955 की। विधेयक के तृतीय वाचन के समय पंडितजी ने आकर मेरे उस विधेयक का घोर विरोध किया। चूंकि विधेयक मेरा था इसलिए अंतिम उत्तर देने का मुझे अधिकार था। अपने उत्तर के भाषण के अंत में मैंने कहा—"यह देश

का सौभाग्य है कि हमें पंडित जवाहरलालजी नेहरू के सदृश नेता मिला है, परन्तु गाय के मामले में मैं जवाहरलालजी को कोई विशेषज्ञ नहीं मानता। वे प्रजातन्त्र के समर्थक हैं अतः यदि उन्हें अपनी राय रखने का अधिकार है तो मुझे भी अपनी राय रखने का।" पंडितजी तत्काल उठे और उन्होंने कहा—"आपको अपनी राय रखने का ज़रूर अधिकार है।" सन् 1963 में लोकसभा में अंग्रेज़ी को अनिश्चित काल तक चलाने के लिए एक सरकारी विधेयक आया। सचेतक का कांग्रेस दल के सदस्यों को विधेयक के पक्ष में वोट देने का आदेश था। कांग्रेस दल में मैं ही एक ऐसा सदस्य था जिसने इस आदेश की अवहेलना कर बिना सचेतक की अनुमति लिए केवल अपने भाषण द्वारा ही इस विधेयक का विरोध नहीं किया पर इसके विरुद्ध अपना मत भी दिया। मुझपर अनुशासन की कार्यवाही की जा सकती थी पर इस प्रकार की कार्यवाही नहीं की गई। इतना ही नहीं जवाहरलालजी ने लोकसभा में उल्टी मेरे भाषण की प्रशंसा की। इस प्रकार अपने विरोधी विचारों को सुनने और बड़े से बड़े विरोधी के प्रति भी स्नेह और आदर भाव वनाए रखने की जो उदात्त प्रवृत्ति उनमें थी वह उनकी वयवृद्धि साथ बढ़ती गई और अपने प्रखर स्वभाव के बावज़ूद अपने विरोधी के प्रति सहिष्णु बने रहने के उनके अंतरंग ने उन्हें इस काल का महान प्रजातन्त्रवादी बना दिया।

अंग्रेज़ी में उक्ति है—"Some are born great, some achieve greatness and on some greatness is thrust." जवाहरलालजी के सम्बन्ध में तीनों ही बातें हुई। वे पैदायश से भी महान थे, मोतीलालजी के सदृश बड़े बाप के बेटे ; उन्होंने अपने प्रयत्न से भी महानता प्राप्त की, उनका सारा जीवन कर्मठ और त्यागमय जीवन रहा और महानता उनपर लादी भी गई। यह अंतिम कार्य महात्मा गांधी ने किया।

जवाहरलालजी मोतीलालजी के इकलौते पुत्र थे। बाल्यावस्था में इतने बड़े बाप के बेटे का जिस प्रकार लालन-पालन होता है उसी प्रकार उनका मोतीलालजी के आनन्द भवन में हुआ। फिर मोतीलालजी को तो अपने शाही जीवन को बनाने में परिश्रम करना पड़ा था, यह जवाहरलालजी को बिना किसी परिश्रम के ही प्राप्त हो गया। बाल्यावस्था में ही वे इंगलैण्ड भेज दिए गए। हैरो और कैम्ब्रिज में उन्होंने शिक्षा पाई और जैसे वे थे वैसे कुछ तो पिता के आनन्द भवन में बने और कुछ हैरो और कैम्ब्रिज से बनकर लौटे। उनमें जो भारतीयता और भारतीय संस्कृति का अभाव दृष्टिगोचर होता था इसका कारण उनके निर्माण का ढंग था। जब मोतीलालजी के आनन्द भवन में ही भारतीयता और भारतीय संस्कृति नहीं थी तब हैरो और कैम्ब्रिज में उसकी आशा कैसे की जा सकती थी।

विद्यार्थी-जीवन समाप्त कर भारत आते ही जवाहरलालजी ने भारतीय राजनीति में प्रवेश किया। मोतीलालजी इस समय नरम दल के व्यक्ति माने जाते थे। परन्तु जवाहरलालजी विलायत से आते ही श्रीमती एनीबेसेण्ट की होमरूल लीग में सम्मिलित हो गए। यह उनका गरम दल की ओर बढ़ने का प्रथम कदम था। उन्होंने शनैः-शनैः पिता को अपनी ओर खींचा और सन् 1920 में गांधीजी के हाथों में देश की राजनैतिक बागडोर आते ही पिता-पुत्र दोनों गांधीजी के प्रथम महत्त्वशाली अनुयायी हो गए। पूर्ण स्वाधीनता के प्रस्ताव के वे ही जनक थे। उन्होंने ब्रिटिश साम्राज्य से भारत को अलग होने के अधिकार की भी बात कही थी, उन्होंने देशी राज्यों की प्रजा के स्वातन्त्र्य-आन्दोलनों का आरम्भ किया था। उन्हींने कांग्रेस को आर्थिक विषयों और समाजवाद की ओर मोड़ा। इस प्रकार युवकों की नई पीढ़ी के वे आदर्श बन गए। छोटे-बड़े कितने प्रकार के राजनैतिक पदों पर उन्होंने काम किया। अनेक बार जो व्यक्ति कांग्रेस का सभापति रहा वह किसी समय। इलाहाबाद की म्यूनिसिपैलिटी का भी

सभापति रहा था और एक बार तो इस निर्वाचन में पंडितजी कामताप्रसाद कक्कड़ सदृश व्यक्ति से हार तक गए थे। जिस समय कक्कड़ ने नेहरूजी को हराया उस समय भी नेहरूजी कोई बहुत छोटे आदमी नहीं थे, परन्तु स्थानीय संस्थाओं की राजनीति ही गन्दी एवं अलग ढंग की रहती है। स्वतन्त्र भारत के प्रथम प्रधानमंत्री के रूप में उन्होंने भारत का नव-निर्माण आरम्भ किया। प्रजातन्त्रात्मक राज्यपद्धति में भी पंचवर्षीय योजनाओं द्वारा यह नव-निर्माण अपनी विशेषता रखता है। अपने अन्तिम क्षणों तक पंडितजी इस देश के प्रधानमंत्री रहे और यह काल कोई छोटा-सा काल न होकर लगभग सतरह वर्ष का समय था। प्रजातन्त्र में इतने दीर्घकाल तक ऐसी लोकप्रियता संसार के इतिहास की एक विलक्षण घटना है।

राजनैतिक व्यक्तित्व के सिवा पंडितजी का साहित्यिक व्यक्तित्व भी छोटा नहीं था। जेल के समय का उन्होंने साहित्य-सृजन में सदुपयोग किया। उन्होंने तीन बड़े ग्रन्थ लिखे और तीनों का ही अन्तर्राष्ट्रीय महत्त्व हुआ। एक विश्वइतिहास की झलक, दूसरा उनकी आत्मकथा और तीसरा भारत की खोज। खेद की बात हुई कि उनका सारा साहित्य मूलतः अंग्रेज़ी भाषा में लिखा गया। यद्यपि इस साहित्य का अनुवाद तो हमारे देश और विदेशों की भी अनेकों भाषाओं में हुआ है, परन्तु मूल ही रहता है और अनुवाद अनुवाद ही।

जवाहरलालजी का कभी किसीसे व्यक्तिगत सम्बन्ध नहीं रहा। मेरा मोतीलालजी से अत्यन्त निकट का सम्बन्ध रहा। जवाहरलालजी को सर्वप्रथम मैंने देखा सन् 1920 में, जब वे प्रयाग से जबलपुर होकर नागपुर कांग्रेस अधिवेशन में मोतीलालजी तथा अपने कुटुम्बियों-सहित जा रहे थे। जबलपुर में ये लोग हमारे ही मेहमान हुए थे। इसके बाद भी पंडितजी अनेक बार जबलपुर आए और हमारे मेहमान हुए। परन्तु मुझे लगता है कि व्यक्तिगत दृष्टि से हम दोनों एक-दूसरे उतने ही दूर

अथवा निकट अन्त तक रहे जितने उस पहले दिन थे जब सन् 1920 में पहली बार हमने एक-दूसरे को देखा था। किसी सार्वभौम नेता का यह शायद बहुत बड़ा सद्‌गुण भी है कि उसका किसीसे व्यवितगत सम्बन्ध न हो क्योंकि तभी तो वह सबको समदृष्टि से देख सकता है। परन्तु व्यक्तिगत सम्पर्क न रखते हुए भी जो जैसा है उसकी जवाहरलालजी उचित परख न करते हों अथवा जानकारी न रखते हों यह बात भी नहीं थी। सन् 1957 में जब मेरी हीरक जयन्ती मनाई गई उस समय मुझे एक अभिनन्दनग्रन्थ दिया गया था। उस अभिनन्दनग्रन्थ में अनेक गण्यमान्य महानुभावों ने मेरे सम्बन्ध में अपने संदेश भेजे थे। जवाहरलालजी ने भी संदेश भेजा और यह पूरा का पूरा संदेश उन्होंने स्वयं अपने हाथ से हिन्दी में लिखकर भेजा। इतना ही नहीं, दिल्ली के जिस आयोजन में यह अभिनन्दनग्रन्थ दिया गया उसमें पंडितजी स्वयं पधारे थे और अपने हाथ से मुझे यह अभिनन्दनग्रन्थ उन्होंने भेंट किया था। राजर्षि पुरुषोत्तमदास टण्डन और जवाहरलालजी का अनेक सिद्धान्तों पर जो मतभेद रहा वह किसी से छिपा नहीं। इन्हीं मतभेदों के कारण सन् 1951 में टण्डनजी को कांग्रेस के सभापतिपद से त्यागपत्र देना पड़ा था। परन्तु जब टण्डनजी की 75वीं वर्षगांठ दिल्ली में संसद सदस्यों ने मनाई तब जवाहरलालजी स्वयं उस आयोजन में आए। जवाहरलालजी के उस दिन टण्डनजी-सम्बन्धी भाषण ने हममें से अनेक को गद्‌गद कर दिया। उन्होंने टण्डनजी को महापुरुष कहा और अपने भाषण के अंत में वे जिस प्रकार टण्डनजी से मिले वह दृश्य देवताओं के देखने योग्य था।

अनेक छोटी-छोटी बातों को पंडितजी कितना स्मरण रखते थे और समय पर उन बातों का किस ढंग से, अनेक बार विनोद से किस प्रकार उपयोग कर लेते थे इसके भी मुझे अनेक व्यक्तिगत अनुभव हैं। यहां एक ही उदाहरण दूं। मैं अपने प्रकाशित साहित्य को सदा उनके भेंट कर

आता था। कभी-कभी कोई छोटी-मोटी साहित्यिक कृति उन्हें सुना भी देता था। मैंने एक एकांकी नाटक 'उठाओ खाओ खाना' नाम से लिखा था जिसमें 'बफे डिनर' की खूब खिल्ली उड़ाई थी। इसे मैंने पंडितजी को सुनाया था। जब पंडितजी जबलपुर आते तब हमारे घर अवश्य भोजन करने पधारते। सन् 1959 में जब मैं बदरीनाथ की याला पर था तब वे जबलपुर आए और नियमानुसार हमारे यहां भोजन के लिए पधारे। मैं बदरीनाथ से लौटकर दिल्ली में जब उनसे मिला और उन्हें मेरी गैरहाज़िरी में भी मेरे घर आकर भोजन करने के लिए धन्यवाद दिया तब हंसकर बोले—"आपके घर में मुझे 'उठाओ, खाओ खाना' दिया गया था।" मैं भी हंस पड़ा और मुझे याद आया कि मैंने जो अपना नाटक उन्हें सुनाया था वह उन्हें अब तक याद था। इसके पहले जवाहरलालजी को हमारे यहां 'उठाओ, खाओ खाना' कभी नहीं दिया गया था। यदि मैं जबलपुर होता तो इस बार भी यह न किया जाता।

इस प्रकार जवाहरलालजी अपने उदार और आदर्शनिष्ठ अन्तःकरण के कारण अपने विरोधियों के भी सदा स्नेहपाल बने रहे।

जवाहरलालजी अब नहीं रहे। ठीक उसी प्रकार वे हमारी दृष्टि से ओझल हो गए जिस प्रकार राष्ट्रपिता महात्मा गांधी। किन्तु जिस प्रकार अपने त्याग, तप, कर्मठता और पीड़ित मानवता के मुक्तिदाता के रूप में महात्मा गांधी आज भी राष्ट्रपिता बने हमारे आदर्श और प्रेरणा-केन्द्र हैं उसी प्रकार जवाहरलालजी आज़ादी के अक्षय प्रहरी, आधुनिक भारत के निर्माता और एक आकर्षक, तेजस्वी और तरुण भारत के प्रतीक बने सदा हमारा पथ-प्रदर्शन करते रहेंगे।

नेताजी सुभाषचन्द्र बोस

गांधी-युग में सन् 1920 में ही जिन दो युवकों ने समूचे देश का ध्यान सबसे अधिक आकर्षित किया वे थे—पं० जवाहरलाल नेहरू और नेताजी सुभाषचन्द्र बोस। यद्यपि उस समय पं० मोतीलालजी के कारण जवाहरलालजी और देशबन्धु दास के कारण सुभाष बाबू बहुत कम बोलते-चालते थे, भाषण तो कांग्रेस और अखिल भारतीय कांग्रेस कमेटी में कभी देते ही न थे और अपने को अत्यधिक गौण बनाए रहते थे, तथापि दोनों में ही जो प्रतिभा थी उसके कारण दोनों के प्रकाश में न आने का प्रयत्न करते रहने पर भी दोनों प्रकाश में आ ही जाते थे। परन्तु पं० जवाहरलाल नेहरू और सुभाष बाबू में एक बहुत बड़ा अन्तर था। पंडितजी पर भारतीय स्वतन्त्रता के लिए सब कुछ करते हुए भी भारतीय संस्कृति का थोड़ा भी प्रभाव नहीं, अतएव उन्हें भारतीय कहा जाना भी कठिन है। और सुभाष बाबू ने आगे चलकर चाहे एक जर्मन महिला से विवाह कर लिया हो, परन्तु वे ओत-प्रोत भारतीय थे। फिर जवाहरलालजी और नेताजी के स्वभाव में आकाश-पाताल का अन्तर था। पंडितजी जितने प्रखर स्वभाव के थे, नेताजी उतने ही मृदु स्वभाव के थे। रूप से दोनों ही समान रूप में मोहक और आकर्षक रूप से दोनों ही स्वभाव के अत्यन्त मृदुल जान पड़ते, परन्तु रूप की समानता रहते हुए भी दोनों के स्वभाव एकदम असमान। एक प्रखरता की मूर्ति और दूसरे मृदुलता की प्रतिमा।

गौर वर्ण, साधारणतया ऊंचा कद, न बहुत दुबले न और बहुत मोटे, परन्तु मुटाई की तरफ झुकता हुआ शरीर और तेजस्वी आननवाले। सुभाष बाबू सबसे अधिक आकर्षण करते थे अपनी आंखों तथा बोली से। उनकी आंखें यद्यपि चश्मे से ढकी रहती थीं, परन्तु उनकी कोमल दृष्टि की रश्मियां चश्मे के कांचों से भी बाहर फूटती रहती थीं और जब कोई उनकी बोली सुनता था तब जान पड़ता था कि उन्हें जो सुभाष नाम मिला है वह दैवयोग से सर्वथा सार्थक हुआ है।

सुभाष बाबू ने उस समय की कठिनतम आई० सी० एस० की परीक्षा पास की थी। परन्तु उनके सदृश व्यक्ति का, जिसके हृदय में देशभक्ति का समुद्र लहरा रहा हो, उस समय भी, भारत को गुलाम बनाए रखने वाली अंग्रेज़ सरकार का नौकर रहना कठिन ही नहीं, असम्भव था। देश के लिए सर्वस्व-त्याग और देश की स्वाधीनता के लिए अदम्य साहस से सब कुछ कर गुज़रने के लिए ही सुभाष बाबू पैदा हुए थे। परन्तु महान साध्य सफल करने के लिए किसी भी साधन का उपयोग उनके दर्शन में कोई बुरी बात न थी। यही प्रधान कारण था जिससे गांधीजी का सुभाष बाबू को इस प्रकार का समर्थन प्राप्त न हो सका जिस प्रकार का जवाहरलालजी को। सन् 1928 में कांग्रेस के कलकत्ता अधिवेशन में जब नेहरू कमेटी द्वारा तैयार किए गए भारतीय संविधान के समर्थन का प्रस्ताव आया तब पूर्ण स्वतन्त्रता और डुमेनियन स्टेटस का बड़ा भारी मतभेद खड़ा हो गया। गांधीजी ने नेहरू कमेटी द्वारा प्रस्तावित डुमेनियन स्टेटस का समर्थन किया और सुभाष बाबू ने पूर्ण स्वाधीनता का। इस विषय में यद्यपि श्री श्रीनिवास आयंगर और श्री जवाहरलालजी भी पूर्ण स्वतन्त्रता के पक्ष में थे तथापि इस मत के यथार्थ प्रवर्तक सुभाष बाबू ही थे। मुझे कांग्रेस के उस अधिवेशन की अच्छी तरह याद है। सन '20 के बाद दो ही अवसरों पर कांग्रेस में आपस में सिद्धान्तों का ऐसा तीव्र संघर्ष

हुआ। एक सन' 22 में कांग्रेस के गया अधिवेशन में कौंसिल-प्रवेश के प्रश्न पर और दूसरा सन्' 28 में कांग्रेस के कलकत्ता के अधिवेशन में डुमेनियन स्टेटस और पूर्ण स्वतन्त्रता के प्रश्न पर। कलकत्ता के कांग्रेस अधिवेशन में इस प्रश्न पर मतदान होते-होते आठ बजे रात से लेकर 4 बजे उषाकाल का समय आ गया और यद्यपि नेहरू कमेटी द्वारा प्रस्तावित डुमेनियन स्टेटस का प्रस्ताव ही स्वीकृत हुआ, परन्तु केवल चार सौ मत के बहुमत से। यदि उस अधिवेशन में गांधीजी ने मोतीलालजी का समर्थन न किया होता तो नेहरू कमेटी का प्रतिवेदन कदापि स्वीकृत न होता। इसके बाद के अखिल भारतीय कांग्रेस कमेटी के कलकत्ता के भी एक अधिवेशन में सुभाष बाबू ने यहां तक कह दिया कि हमारी राजनीति पाण्डुचेरी और साबरमती के सन्तों से प्रभावित होकर नहीं चलनी चाहिए। उस समय पाण्डुचेरी से श्री अरविन्द घोष को भारतीय राजनीति में पुनः लाने का प्रयत्न किया जा रहा था, इसीलिए साबरमती के साथ सुभाष बाबू ने पाण्डुचेरी को भी जोड़ दिया था। हरीपुरा कांग्रेस में सुभाष बाबू सर्वमत से कांग्रेस के सभापति चुने गए, पर उसके बाद जब त्रिपुरी कांग्रेस के सभापतित्व के लिए सुभाष बाबू फिर से इस पद के लिए खड़े हुए तब गांधीजी ने उनका विरोध किया। उस विरोध की सुभाष बाबू ने तनिक भी परवाह नहीं की और गांधीजी के विरोध के बावजूद वे उस अधिवेशन के सभापति चुन लिए गए। उस अधिवेशन के कुछ दिन बाद ही सुभाष बाबू का बापू के मतानुसार कांग्रेस से निष्कासन किया गया। उसका भी सुभाष बाबू ने महान साहस से सामना किया और जब वे आज़ाद हिन्द फौज का संगठन कर भारतीय स्वतन्त्रता के प्रयत्न में एक अनोखा काम कर रहे थे उस समय उन्होंने एक नहीं अनेक बार कहा कि यदि मुझे मेरे प्रयत्न में सफलता मिली और मैं भारत को स्वतन्त्र कर सका तो भारत लौटकर उस स्वतन्त्र भारत को गांधीजी के चरणों

में अर्पित कर दूंगा। सुभाष बाबू की यह बात सबसे अधिक महत्त्व की इसलिए है कि जिन गांधीजी ने उन्हें कांग्रेस से निष्कासित कराया उन तक के लिए उनके मन में किसी प्रकार की कटुता नहीं थी।

सन् 1921 से मृत्यु तक भारतीय स्वातन्त्र्य-संग्राम में सुभाष बाबू ने सदा बड़े से बड़े त्याग किए हैं, परन्तु उनका सबसे बड़ा साहसी कार्य आज़ाद हिन्द फौज का गठन है। जिस लड़ाई के समय अंग्रेज़ सरकार का सुरक्षा के लिए कड़े से कड़ा प्रबन्ध था उस समय भारत से उनका पलायन एक ऐसी घटना है जिसका मिलान औरंगज़ेब की कैद से शिवाजी के पलायन से ही किया जा सकता है और इस पलायन के बाद उन्होंने जिस प्रकार आज़ाद हिन्द फौज का संगठन किया वह तो विश्व के इतिहास की एक अभूतपूर्व घटना है।

मैंने नेताजी के सर्वप्रथम दर्शन सन् 1919 में किए। उसके पश्चात् जिस असहयोग आन्दोलन में वे सम्मिलित थे उसी में मेरे भी सम्मिलित रहने के कारण उनसे अनेक बार मिलने-जुलने का काम पड़ा। परन्तु उनसे मेरा वैसा निकट का सम्पर्क नहीं रहा जैसा मेरा मोतीलालजी, महात्मा गांधी, महामना मालवीय, देशबन्धु दास आदि से था। फिर भी मेरा उसने कुछ न कुछ संबंध तो रहा ही। मैंने उन्हें अनेक स्थानों पर देखा—असहयोगी के रूप में, कलकत्ता कारपोरेशन एक्जीक्यूटिव आफीसर के रूप में, इसी कारपोरेशन के मेयर के रूप में, बंगाल प्रदेश कांग्रेस कमेटी के सभापति के रूप में, कांग्रेस की कार्यकारिणी के सदस्य के रूप में और कांग्रेस के अध्यक्ष के रूप में।

उनका और मेरा सबसे निकट का सम्पर्क उस समय हुआ जब वे त्रिपुरी कांग्रेस के अध्यक्षपद पर जबलपुर पधारे। उस समय मैं इस अधिवेशन की स्वागत-समिति का सभापति था। नेताजी का चुनाव इस पद पर गांधीजी के विरोध के बावजूद हुआ था अतः इस

अधिवेशन में एक विचित्र प्रकार की परिस्थिति उत्पन्न हो गई थी। सुभाष बाबू के सभापति चुने जाने पर बापू ने एक वक्तव्य दिया था कि सुभाष बाबू के विरुद्ध खड़े होनेवाले डा० पट्टाभि सीतारमैया की यह हार न होकर बापू की स्वयं की हार है। बापू के इस वक्तव्य के पश्चात् उस समय की कांग्रेस कार्यकारिणी के समस्त सदस्यों ने अपने-अपने पदों से त्यागपत्र दे दिया था। बापू राजकोट चले गए थे और सुभाष बाबू बीमारी की हालत में त्रिपुरी पधारे थे। उन्होंने मुझे लिखा था कि उनकी बीमारी के कारण अधिवेशन आगे बढ़ा दिया जाए। परन्तु कांग्रेस अधिवेशन की जिस प्रकार की तैयारी होती है और उसमें जो खर्च होता है उसके कारण मेरा उस अधिवेशन को आगे बढ़ाना संभव न था। अतः जब मैं अधिवेशन आगे नहीं बढ़ा सका तब बीमारी की अवस्था में भी सुभाष बाबू अधिवेशन में पधारे। उन्हें बहुत तेज़ ज्वर था। मैंने अपने सार्वजनिक जीवन में कभी भी कोई दल नहीं बनाया न मैं कभी किसी दल में रहा। इतने पर भी न जाने क्यों उस वक्त यह माना जाता था कि मैं अखिल भारतीय स्तर पर जो दल सुभाष बाबू के विरुद्ध बन गया है उस दल में हूं। एक तो मैं किसी दल में नहीं था दूसरे स्वागत-समिति के अध्यक्ष के नाते मेरा यह कर्तव्य था कि मैं सब दल के लोगों का समान रूप से आगत-स्वागत करूं। मैंने यह करने का प्रयत्न भी किया। कांग्रेस अधिवेशन में कांग्रेस की कार्यकारिणी के सदस्यों का अलग कैम्प बनता है। इसी कैम्प में अध्यक्ष भी ठहरते हैं। मैंने उन लोगों का जिन्होंने कांग्रेस की कार्यकारिणी से त्यागपत्र दे दिया था एक अलग कैम्प और अध्यक्ष तथा उनके साथियों का अलग कैम्प इस प्रकार दो पृथक्-पृथक् कैम्प बनवाए। सबके स्वागत का समुचित एक-सा प्रबन्ध किया। सुभाष बाबू अध्यक्ष की हैसियत से पधारे थे अतः उनका भी अध्यक्ष के अनुरूप ही सारा प्रबन्ध किया

गया। मेरा इस प्रकार का व्यवहार देखकर यद्यपि मैं सुभाष बाबू के विरोधी दल का माना जाता था और स्वागताध्यक्ष पद से जो भाषण मैंने दिया वह भी गांधीजी और उनके दल में जो लोग माने जाते थे उनकी नीति के समर्थन में ही था तथापि सुभाष बाबू ने मेरे साथ बड़ा ही सौहार्दपूर्ण सौम्य व्यवहार किया। उस समय की कुछ घटनाओं का मेरे मन पर बड़ा बुरा प्रभाव पड़ा। गांधीजी का राजकोट जाना यद्यपि अन्य कारणों से हुआ था, जो मैं अब मानता भी हूं तथापि उस समय मुझे जान पड़ा जैसे सुभाष बाबू के इस झगड़े के कारण ही बापू त्रिपुरी नहीं आए। मुझे उस समय यह शायद इसलिए भी लगा कि उनके त्रिपुरी न आने के कारण सारा अधिवेशन फीका हो गया था, जिसे हर प्रकार से सफल करने के लिए उस अधिवेशन की स्वागत-समिति के सभापति के नाते मैंने सब कुछ किया था। दूसरी बात जो मुझे बहुत बुरी लगी वह कांग्रेस की उस समय की कार्यकारिणी के सदस्यों का इस्तीफा देना था और इसी इस्तीफे के कारण उनका अखिल भारतीय कांग्रेस कमेटी के अधिवेशन में उस समय तक मंच के नीचे बैठना था जब तक कि सुभाष बाबू ने स्वयं अपील कर उन्हें मंच पर नहीं बुलाया। मुझे ऐसा लगा कि यह उन लोगों ने सुभाष बाबू को ज़लील करने की दृष्टि से किया था। मेरा यह सोचना गलत हो सकता है, परन्तु मुझे कांग्रेस कार्यकारिणी के सदस्यों का यह व्यवहार उनका छोटापन अवश्य दिखाई दिया। तीसरी जो बात उस समय मुझे बुरी लगी वह पंडित गोविन्दवल्लभ पन्त का वह प्रस्ताव था जो उन्होंने इस अधिवेशन में उपस्थित किया कि सुभाष बाबू अपनी कार्यकारिणी गांधीजी की आज्ञा से बनाएं। कांग्रेस के संविधान में कांग्रेस की कार्यकारिणी बनाने का अधिकार सभापति का है। हां, सभापति अपनी कार्यकारिणी के निर्माण में जिससे चाहे उससे सलाह अवश्य ले सकता है। मुझे विश्वास था कि सुभाष बाबू

बिना गांधीजी की सलाह के अपनी कार्यकारिणी कभी नहीं बनाते। परन्तु उस प्रकार के प्रस्ताव को उस समय मुझे औचित्य न जान पड़ा। और इन सब बातों की जिस सर्वोपरि बात ने मेरा सबसे अधिक दिल दुखाया वह बात थी एक अखिल भारतीय नेता का यह कहना कि सुभाष बाबू यथार्थ में बीमार नहीं हैं उनकी यह बीमारी राजनैतिक ढोंग है। मैं इन सब बातों से इतना तिलमिला उठा था कि कुछ दिन के लिए मैं राजनीति से पृथक तक हो गया था और मैं वापस राजनीति में आया सन् 1940 के व्यक्तिगत सत्याग्रह के समय।

नेताजी के जबलपुर छोड़ने के पूर्व मैंने उन्हें अपनी इन सब भावनाओं को बताया था। और उस समय की उनकी गद्‌गद तथा भावपूर्ण मुद्रा मुझे अब तक वैसी की वैसी स्मरण है।

सरदार वल्लभभाई पटेल

सर्वप्रथम मैंने सरदार वल्लभभाई पटेल को सन् 1921 के अन्त में अहमदाबाद में उस समय देखा जब वे उस वर्ष के कांग्रेस अधिवेशन की स्वागत-समिति के अध्यक्ष थे। वल्लभभाई सिर पर टोपी आदि कुछ न लगाते थे और सिर के सारे बाल झड़ गए थे। खुला सिर रहने के कारण बालों से रहित चांद की ओर ध्यान जाता था और सिर के बालों की पूर्ति कदाचित् होंठों पर की बड़ी-बड़ी मूंछें करती थीं। वल्लभभाई के चेहरे में सबसे अधिक आकर्षित करनेवाली उनकी आंखें थीं। हाथी की छोटी किन्तु गम्भीर आंखों के समान उन्हें निसर्ग ने आंखें दी थीं और इन आंखों से गम्भीरता के साथ ही एक विचित्र प्रकार की दृढ़ता टपकती थी। वेशभूषा अत्यधिक सादी ; मोटी खादी का कुरता और धोती। धोती वल्लभभाई बहुत नीची नहीं पहनते थे। धोती के नीचे पिंडलियों का आधा भाग दिखाई देता था। कुरते पर एक तह किया हुआ दुपट्टा रहता था। वे बैरिस्टर थे, परन्तु स्वरूप और वेशभूषा दोनों में कुछ देहातीपन अवश्य था। वे अपने को देहाती कहते ही थे। वल्लभभाई को जैसा मैंने पहले दिन देखा था, अन्त तक वे वैसे ही रहे; न स्वरूप में कोई अन्तर पड़ा और न वेशभूषा में ; हां, एक फर्क अवश्य हुआ, आगे चलकर उनकी बड़ी-बड़ी मूंछें गायब हो गई जिससे उनका देहातीपन कुछ कम दिखाई देने लगा।

सन '21 में सरदार वल्लभभाई पटेल सरदार नहीं हुए थे। उस

समय भारतीय नामों के आदि में श्री का भी उपयोग आरम्भ न हुआ था। अतः वल्लभभाई मिस्टर वल्लभभाई पटेल कहलाते थे। उस समय के भारतीय नेताओं की प्रथम पंक्ति में भी उनका स्थान न था। प्रथम पंक्ति के उस समय नेता गांधीजी के सिवा पंडित मदनमोहन मालवीय, लाला लाजपतराय, अलीबन्धु, देशबन्धु दास और पंडित मोतीलाल नेहरू माने जाते थे। गुजरात के बाहर वल्लभभाई का नाम भी बहुत नहीं फैला था। अहमदाबाद की म्युनिसिपैलिटी के सभापति-पद से उन्होंने कुछ बड़े-बड़े काम किए थे। अतः देश के शिक्षित समाज का कुछ भाग उन्हें जानने लगा था। पहले-पहल भारत ने उन्हें कांग्रेस के इस स्वागताध्यक्ष पद से ही जाना। अहमदाबाद के इसी कांग्रेस अधिवेशन के समय मैंने सुना कि जब गांधीजी ने अफ्रीका से लौटकर अहमदाबाद को अपना निवास-स्थान बनाया उस समय गांधीजी का सबसे अधिक मज़ाक उड़ानेवाले वल्लभभाई पटेल ही थे। अहमदाबाद के बार-रूम में वे प्रायः कहा करते थे—"कपासना धागासूं यो स्वराज्य लेना नूं आयो छै, हा हा हा !" और आगे चलकर ये ही वल्लभभाई गांधीजी के सबसे बड़े अनुयायी हुए। सन् 1931 में जब सरदार कांग्रेस के कराची अधिवेशन के सभापति चुने गए तब उनके भाषण पर एक प्रतिष्ठित अंग्रेज़ी दैनिक ने जो अग्रलेख लिखा था, उसका शीर्षक था—'हिज़ मास्टर्स वॉयस।'

लेकिन गांधीजी के सबसे बड़े अनुयायी और सबसे अधिक विश्वासपात्र होने पर भी सरदार वल्लभभाई उनके आश्रम-निवासी कभी नहीं हुए। गांधीजी के जीवन-दर्शन में सरदार का विश्वास न था। वे गांधीजी के राजनैतिक अनुयायी थे, साथ ही उनके व्यक्तित्व में महान श्रद्धा रखनेवाले। अतः उन्हें गांधीजी का 'हिज़ मास्टर्स वॉयस' कहना भी उचित नहीं है ; सरदार को अपना निज का एक व्यक्तित्व था।

वल्लभभाई पटेल विचारक कम और कर्मठ अधिक थे। अंग्रेज़ी

भाषा में जिसे 'मैन आव् ऐक्शन' (Man of Action) कहते हैं, वल्लभभाई वे थे। ऐसे आदमी कम बोलते हैं, उनका कम बोलना उनके प्रभाव को उल्टा बढ़ाता था। चुपचाप रहकर अपनी छोटी-छोटी आंखों से वे जिस तरफ देखते थे, जान पड़ता था एक मूक शक्ति उस ओर देख रही है। इस प्रकार की चुप्पी उनकी ताकत को द्योतक थी और अंग्रेज़ी में जिसे 'आँ' (awe) कहते हैं, उस एक प्रकार के भय को उत्पन्न करनेवाली। मैंने उन्हें अनेक सार्वजनिक आयोजनों में ऐसे अवसरों पर देखा है जब लोग उनसे मिलने के लिए आतुर रहते थे। ऐसे मौकों पर उनके सम्पर्क में रहनेवाला कोई व्यक्ति यदि किसी नये आदमी को उनसे मिलाता और कहता कि आप अमुक-अमुक सज्जन हैं; बहुत प्रसिद्ध, तो सरदार उस व्यक्ति से बेपरवाही से केवल हाथ मिलाकर आगे बढ़ जाते मानो ऐसे किसी आदमी का उन्होंने कभी नाम ही नहीं सुना और न उस नाम को याद रखने की उन्हें आवश्यकता है। बात तो वे ऐसे लोगों से शायद ही कभी करते। ऐसे सार्वजनिक आयोजनों में भी यदि भाषण होते तो वे प्रायः चुप ही रहते। यहां तक कि किसी भाषण में यदि उनपर कोई आक्रमण होता या उनकी तारीफ, तो भी यह चुप्पी प्रायः न टूटती मानो उनका ध्यान बातों में न होकर केवल उस काम में रहता, जो उन्होंने अपने हाथ में ले रखा होता। बहस करना उनकी मर्यादा से नीचे की बात थी। न वे किसी बात का स्पष्टीकरण करना आवश्यक समझते और न किसी बात पर सफाई देना। जो बात उन्होंने देश के लिए हितकारी मानी, वह की। जनता को पसन्द आए, या न आए, उन्हें उससे मतलब नहीं। फिर उनकी इस प्रकार की चुप्पी किसी अस्वाभाविक प्रभाव को उत्पन्न करने को नहीं जान पड़ती थी, वह उनमें सर्वथा स्वाभाविक दीख पड़ती थी, ऐसे मन से उत्पन्न जो मन आत्मसंयम से ओत-प्रोत था। वे अपनी कृति में निवास करते थे, शब्दों में नहीं। कांग्रेस और अखिल

भारतीय कांग्रेस कमेटी तक के अधिवेशनों में वे शायद ही कभी बोले हों; आरम्भिक दिनों में तो बिलकुल ही नहीं ; बाद में जब नेतृत्व का भार ही उनके कंधों पर आया तब उन्हें ऐसे अवसरों पर कभी-कभी बोलना पड़ता। पर उनके ये भाषण भी बहुत संक्षिप्त होते। कराची कांग्रेस के सभापति की हैसियत से जो भाषण उन्होंने दिया था, वह कांग्रेस के सभापति-पद से दिए गए समस्त भाषणों से छोटा था। हां, संविधान-सभा में अल्पमत समिति (Minority Committee) आदि की रिपोर्ट पेश करते हुए उन्हें शायद दो-चार लम्बे भाषण भी देने पड़े, पर इसमें उनकी विवशता ही था। फिर, वे खड़े होकर भी कभी न बोलते, बैठे-बैठे ही बोलते जैसे बातचीत कर रहे हों। उनके समय के किसी आदमी ने इतना कम बोलकर इतना अधिक काम नहीं किया था। मैंने सुना गुजरात के सार्वजनिक जीवन में सरदार को भी बोलना पड़ता था, पर उसका मुझे अनुभव नहीं है ; मुझे उनका जो अनुभव है वह अखिल भारतीय क्षेत्र का।

सरदार वल्लभभाई पटेल के मन में सिद्धान्तों आदि के सम्बन्ध में भी कभी कोई संघर्ष या बखेड़ा नहीं रहता था। इस प्रकार के प्रश्नों के विविध पहलुओं को देखने की उनकी प्रवृत्ति भी नहीं थी। वे यह मानते थे कि विविध पहलुओं को देखने के लिए समय ही क्यों नष्ट किया जाए जब मैं यह मानता हूं कि मेरा रास्ता ही ठीक है।

सरदार वल्लभभाई को 'लौहपुरुष' कहा जाता था। उनके लिए यह विशेषण सर्वथा ठीक है। इस 'लौहपुरुष' ने न जाने कितनों को बनाया और कितनों को बिगाड़ा। वे अपने अनुयायियों को उनके अगणित अपराध रहते हुए भी उनके बनाने में कुछ उठा न रखते पर जिनके सम्बन्ध में उन्हें यह सन्देह रहता कि वह उनके दल का नहीं है, और शायद कभी उनके विरुद्ध सिर उठाए, उसके मिटाने में भी वे कोई कोर-

कसर न रखते। और जिन्होंने उनके खिलाफ सिर ही उठाया होता, उनकी तो कुशल सम्भव ही नहीं रहती। इस विषय में वल्लभभाई में थोड़ी भी उदारता न थी। कांग्रेस-विपक्षी दलों के ही नहीं पर कांग्रेसवादियों में भी अपने न जाने कितने विपक्षियों को उन्होंने समाप्त किया है। इस कार्य में साधनों की ओर भी उनकी दृष्टि न जाती।

स्वराज्य-प्राप्ति के पूर्व और स्वराज्य-प्राप्ति के पश्चात् दोनों ही कालों में सरदार वल्लभभाई पटेल ने जो कार्य किया है, वह भारत के आधुनिक काल के इतिहास में सदा अमर रहेगा। पं० मोतीलालजी नेहरू के पश्चात् सरदार के स्वर्गारोहण तक कांग्रेससंगठन उन्हींके हाथ में रहा। उनमें संगठन की जैसी शक्ति थी, वैसी आधुनिक काल के किसी भी अन्य नेता में नहीं। इस संगठनशक्ति का परिचय पहले-पहल गुजरात के कांग्रेस-संगठन तथा बारदोली के सत्याग्रह के अवसर पर मिला, फिर अखिल-भारतीय क्षेत्र में भी। स्वराज्य-प्राप्ति के पश्चात् लगभग 600 देशी रियासतों के प्रश्न को उन्होंने जिस प्रकार हल किया, वह भारत की ही नहीं, संसार के इतिहास की एक अभूतपूर्व घटना है। जर्मनी के बिस्मार्क के जर्मनी और प्रशा के एकीकरण से सरदार के इस कार्य की तुलना की जाती है, परन्तु यह तुलना सर्वथा हास्यास्पद है। जर्मनी और प्रशा की भौगोलिक-राजनैतिक एकता और भारत की भौगोलिक-राजनैतिक एकता की कोई तुलना नहीं की जा सकती। फिर बिस्मार्क के उस कार्य में कितना रक्तपात हुआ था। सरदार ने यह कार्य बिना एक बूंद खून बहाए किया है। यदि वे यह कार्य न करते तो भारत की स्वतन्त्रता और भारत का प्रजातन्त्र दोनों ही खतरे में रहते। सरदार के इस कार्य के लिए स्वतन्त्र और प्रजातान्त्रिक भारत सदा उनका ऋणी रहेगा।

राजर्षि टण्डन

प्राचीन भारत के ऋषि-महर्षियों की कोई मूर्तियां अथवा चित्र उपलब्ध नहीं हैं जिनसे हम उनकी जटाएं और दाढ़ी आदि कैसी होती थीं इस सम्बन्ध में कुछ निश्चयपूर्वक कह सकें। परन्तु, इन ऋषि-महर्षियों की जटाओं और दाढ़ी आदि की हमारे कलाकारों ने कल्पना की है और इस कल्पना के आधार पर आधुनिक काल की चित्रकारी में इनकी जटाएं और दाढ़ी एक विशिष्ट ढंग से चित्रित की जाती हैं। लटोंवाली जटाएं, जिनके सम्बन्ध में यह कहा जाता है कि उस काल में वट का दूध लगाकर ये जटाएं बनाई जाती थीं, सामने इन जटाओं का जूड़ा और नाभि तक फैली हुई दाढ़ी। ऋषि-महर्षियों की बाह्य आकृति का चित्रण बिना इन जटाओं और दाढ़ी के होता ही नहीं है। हां, संन्यासियों की दूसरी बात है, जिनके सिर और दाढ़ी-मूंछों के बाल मुंड़े रहते हैं। राजर्षि पुरुषोत्तमदासजी टण्डन के बाल काफी लम्बे हैं और मुख पर दाढ़ी भी है। परन्तु सिर के ये बाल और दाढ़ी प्राचीन काल की ऋषि-महर्षियों की जटाओं और दाढ़ी के सदृश नहीं है। टण्डनजी कब से इस प्रकार के बाल और दाढ़ी रखते हैं, यह मैं नहीं कह सकता। परन्तु, मैंने जब सन् 1916 में हिन्दी साहित्य सम्मेलन के जबलपुर के अधिवेशन में उनके सर्वप्रथम दर्शन किए उस समय भी उनके दाढ़ी थी। सिर के बाल कितने लम्बे थे यह मैं इसलिए नहीं कह सकता कि उस समय वे सिर पर साफा साफा बांधते थे। उसके बाद भी मैंने कभी उनका मुख दाढ़ी से रहित नहीं देखा। साफे के स्थान पर गांधी टोपी आ गई और बाल अधिकाधिक

दिखने लगे। टोपी जाने के बाद तो सिर पर बालों का प्रमुख स्थान हो गया और इस वृद्धावस्था में तो इस प्रकार के बालों और दाढ़ी से युक्त उनका आनन बड़ा भव्य दिखाई देता है तथा उनके राजर्षि पद का द्योतक है। टण्डनजी का वर्ण सांवला है और शरीर ठिगना न होते हुए भी ऊंचा नहीं कहा जा सकता। फिर मोटे-ताज़े तो वे कभी भी नहीं थे और अब तो अत्यन्त कृश हो गए हैं। बड़ी सादी वेशभूषा, किसी भी छोटे से छोटे गांव का रहनेवाला अथवा शहर के फुटपाथ पर बैठनेवाला मामूली से मामूली कोटि का दर्जी जैसा कुरता सी सकता है, वैसा अत्यन्त साधारण कोटि की खादी का कुरता और वैसी ही खादी की धोती वे पहनते हैं। जाड़े में इस कुरते पर साधारण से साधारण ऊनी कपड़े की कुरते के सदृश ही सिली हुई अचकन और पैरों में केनवास या अहिंसक अर्थात् मरे हुए पशुचर्म के जूते। जब इस प्रकार केनवास अथवा चमड़े के जूते नहीं मिलते थे उस समय वर्षों तक टण्डनजी लकड़ी के चप्पल पहना करते थे और हाईकोर्ट में प्रैक्टिस करते समय भी उन्हीं चप्पलों को पहनकर जाया करते थे। यह है राजर्षि टण्डनजी की बाह्य आकृति।

टण्डनजी का अन्तरंग उस प्रकार का है जो हिमालय के सदृश अडिग और गंगा के सदृश निर्मल चरित्र का निर्माण करता है। फिर इस अन्तरंग में भारतीय संस्कृति की भावनाओं का समुद्र भरा हुआ है, जिसमें विविध प्रकार की उत्तुंग कल्लोलें उठा करती हैं। इन्हीं विविध प्रकार की कल्लोलों के कारण वे कहीं हिन्दी-सम्बन्धी आन्दोलन करते हुए दिखाई पड़ते हैं, कहीं गोरक्षा-सम्बन्धी आन्दोलन, कहीं भारतीय संस्कृति सम्मेलन के सदृश सम्मेलन और कहीं कुछ। परन्तु भारतीय धर्म अथवा संस्कृति में उनकी अन्ध श्रद्धा नहीं है। वे बड़े भारी बुद्धिवादी हैं। मनुष्य इस सृष्टि का सर्वश्रेष्ठ प्राणी है उसकी ज्ञान-शक्ति के कारण। इस ज्ञान-शक्ति के विकास में भाषा प्रधान माध्यम है। जिस प्रकार मनुष्य बोलता है सृष्टि

का अन्य कोई प्राणी नहीं, इसीलिए मनुष्य को सच्चा मनुष्य भाषा बनाती है। फिर किसी भी राष्ट्र की संस्कृति के उन्नयन में भाषा का स्थान सर्वोपरि होता है। अतः भारतीय संस्कृति के अनन्य उपासक टण्डनजी ने अपने जीवन में सर्वोच्च स्थान हिन्दी की सेवा को दिया है। आधुनिक भारत में दो सबसे बड़ी संस्थाएं स्थापित हुईं—एक कांग्रेस और दूसरा हिन्दी साहित्य सम्मेलन। हिन्दी साहित्य सम्मेलन के टण्डनजी प्राण हैं।

टण्डनजी उन व्यक्तियों में हैं, जिनका सारा जीवन किसी न किसी प्रकार की क्रान्तिकारी सेवा में व्यतीत हुआ है। इसीलिए विद्यार्थी जीवन में टण्डनजी हमें विद्यार्थियों की हड़तालें करते हुए दिखाई देते हैं और विद्यार्थी-जीवन समाप्त होते ही कांग्रेस में। इस देश के पराधीन होने के कारण इस सेवा का सर्वोत्कृष्ट और उच्चतम मार्ग था देश को स्वाधीन करने का प्रयत्न। इस प्रयत्न में आवश्यकता थी बड़ी से बड़ी जोखिमें उठाने की और बड़े से बड़े त्याग करने की। टण्डनजी ने जीवन-भर यही किया। फिर वे अपने मतों पर इस प्रकार अडिग रहे कि महात्मा गांधी के सदृश नेता के सामने भी झुके नहीं। डा० राजेन्द्रप्रसादजी के सदृश व्यक्ति को भी हिन्दी साहित्य सम्मेलन के सभापतिपद के निर्वाचन में हराया। जवाहरलालजी के सदृश व्यक्तित्व से भी मुठभेड़ ली। पर यह सब करते हुए भी वे सदा आपसी सहृदयता बनाए रहे और आपसी व्यवहार में उन्होंने किसी प्रकार की व्यक्तिगत कटुता नहीं आने दी। ऐसे मामलों में टण्डनजी ने अन्यों की परवाह नहीं की यही नहीं, अपनी भी परवाह नहीं की। बड़ों से मुठभेड़ लेने पर स्वयं की भी बहुत बड़ी हानि हो सकती है, परन्तु टण्डनजी के सदृश व्यक्ति को इसकी कहां चिन्ता! इसका सबसे बड़ा दृष्टान्त उस समय मिला जब टण्डनजी कांग्रेस के अध्यक्ष थे। उनसे उस समय बार-बार कहा गया कि वे अपनी कार्यकारिणी का पुनर्संगठन करें और उसमें श्री रफीअहमद किदवई को स्थान दें। परन्तु, टण्डनजी को कांग्रेस का अध्यक्ष पद छोड़

देना स्वीकार हुआ, लेकिन अपनी कार्यकारिणी का पुनर्गठन नहीं। उत्तरप्रदेश का मुख्यमन्त्रित्वपद, केन्द्र का किसी भी विभाग का केबिनट मन्त्रित्वपद आदि उनसे सुशोभित होते न कि टण्डनजी इन पदों से। परन्तु, उन्होंने जीवन-भर किसी पद की कोई लालसा नहीं की। कांग्रेस का अध्यक्षपद उन्हें प्राप्त हुआ उस पर भी उन्होंने लात मार दी। उसके बाद उन्हें उड़ीसा का राज्यपालपद सुशोभित करने का भी निमन्त्रण मिला, पर उन्होंने उसे भी अस्वीकृत कर दिया। देश के इस काल में पदों के लिए जो होड़ मची हुई है और जिस होड़ के कारण कांग्रेसवादियों में आपसी झगड़े बढ़ रहे हैं एवं कांग्रेस के सदृश संस्था निर्बल होती जा रही है उस काल के इतिहास में टण्डनजी की यह निलप्तता एक बड़े से बड़ा आदर्श है। उनके स्वभाव में जो प्रखरता दृष्टिगोचर होती है, उसका भी यही प्रधान कारण है।

परन्तु, ऐसे टण्डनजी में कुछ बड़े-बड़े दोष भी हैं। समय का तो उन्हें कभी ही ध्यान नहीं रहता। किसी भी कार्यक्रम में ठीक समय पहुंचना उनके लिए अपवाद है। मुझे नहीं मालूम कि जब वे वर्षों उत्तरप्रदेश की विधानसभा के अध्यक्ष रहे, तब अध्यक्ष पद का कार्य चलाने वे ठीक समय कैसे पहुंचते होंगे। बहुत छोटे-छोटे काम करने में उनका बहुत समय नष्ट होता है। जैसे किसीको साधारण से साधारण पत्र लिखना हो तो उसे लिखाकर वे उसे कम से कम दो बार अवश्य पढ़ेंगे और स्वयं लिखाए हुए ऐसे साधारण पत्र की भाषा को भी दुरुस्त करेंगे। जिस लिफाफे में पत्र बन्द होना है, उसके पते को भी स्वयं देखेंगे। कहीं भी आते-जाते लोगों से अनेक बार फिज़ूल की बातें करेंगे, कुछ आगे बढ़ जाएंगे तो फिर लौटकर बातें करने लगेंगे। हाल ही में मैंने उनके इस प्रकार के समय निरर्थक नष्ट करने के कामों का एक दृश्य देखा। पेंसिलें बनाने के एक भारतीय कारखाने का प्रतिनिधि उन्हें अपने कारखाने की कुछ पेंसिले भेंट करने को लाया। बहुत देर तक वे उन पेंसिलों को देखते

रहे और उनमें से कुछ पेंसिलें छांटते रहे। जब वे पेंसिलें छट गई तब उनकी कीमत के सम्बन्ध में बातचीत आरम्भ हुई। पेंसिल के कारखाने का वह प्रतिनिधि उन्हें वे पेंसिलें भेंट करने लाया था अतः वह उनकी कीमत क्योंकर बताता, पर कीमत चुकाए बिना टण्डनजी उन पेंसिलों को ले लेते यह असम्भव था। बड़ी लम्बी-चौड़ी बहस के बाद टण्डनजी ने ही उन पेंसिलों की दो रुपया कीमत तय की। टण्डनजी यह सारा काम अपने सैक्रेटरी को सौंप सकते थे, जो उस समय उनके पास ही बैठा था और वह पांच मिनट के भीतर सारा मामला तय कर देता, पर टण्डनजी ने इस काम में अपना लगभग एक घण्टे का समय खोया। मनुष्य के पास समय परिमित ही रहता है, उसका व्यय चाहे वह किसी दिशा में भी करे। टण्डनजी को लम्बी आयु मिली। पर इतनी लम्बी आयु में क्षमता रखते हुए भी वे किसी प्रकार का लेखनकार्य न कर सके। उनका सारा समय या तो बड़े-बड़े आन्दोलनों में बीता या उपर्युक्त प्रकार के छोटे-छोटे कामों में। बड़े और छोटे कामों को उनके व्यक्तित्व में बड़ा अद्भुत मिश्रण है।

राजर्षि टण्डनजी से मेरा बड़ा निकट का सम्बन्ध रहा है। सन् 1916 में मैंने उनके प्रथम बार दर्शन किए थे। तभी से मैं उनके प्रति आकृष्ट हुआ। सन् 1920 में मैं कांग्रेस में सम्मिलित हुआ और तब से तो उनका और मेरा सम्बन्ध बढ़ता ही गया। हिन्दी को राजभाषापद पर आसीन कराने के आन्दोलन के समय संविधान परिषद् में यह सम्बन्ध उस समय निकटतम हो गया, जब मैं हिन्दी साहित्य सम्मेलन का सभापति था। जब टण्डनजी कांग्रेस के अध्यक्ष हुए तब उन्होंने मुझे अपनी कार्यकारिणी में भी लिया। परन्तु उनका और मेरा यह सारा निकटतम सम्बन्ध सार्वजनिक ही रहा। व्यक्तिगत ऐसी कोई बातें इस सम्बन्ध में नहीं रहीं जो उल्लेख योग्य हों और सार्वजनिक सम्बन्ध में मेरे मन पर उनका जो अमिट प्रभाव पड़ा उसका उल्लेख यहां हो ही चुका है।

मौलाना आज़ाद

सन् 1920 में कांग्रेस के नागपूर अधिवेशन के अवसर पर कुछ ऐसे कैलेण्डर निकले थे जिनमें उस समय के राष्ट्रीय नेताओं के चित्र थे। उस अवसर पर मैंने सर्वप्रथम मौलाना अबुलकलाम आज़ाद का चित्र उस समय के एक कैलेण्डर में देखा था। मूंछों-दाढ़ी से रहित चेहरा, सिर पर पंजाबी ढंग का कुल्लेवाला साफा। उस चित्र में वे बंगाली मुसलमान दिखते थे और चित्र के नीचे उनका नाम मौलाना अबुलकलाम आज़ाद न छपकर मौलवी अब्दुलकलाम आज़ाद छपा था।

उनके प्रत्यक्ष दर्शन मुझे कांग्रेस के नागपुर अधिवेशन में नहीं हुए, क्योंकि उस समय दौर-दौरा था अलीबन्धुओं का। मौलाना आज़ाद को मैंने प्रत्यक्ष में देखा कांग्रेस के नागपूर अधिवेशन के पश्चात् की किसी अखिल भारतीय कांग्रेस कमेटी की बैठक में। अब उनके चेहरे पर छोटी-छोटी मूंछें और ठुड्डी पर छोटी दाढ़ी आ गई थी। उपर्युक्त चित्र में उनके सिर पर जो साफा मैंने देखा था उसकी जगह अब गांधी टोपी थी। एकदम गोरा रंग, भरा हुआ चेहरा और शरीर के ऊपर के अंग पर शेरवानी और नीचे के अंग पर पाजामा, परन्तु चूड़ीदार पाजामा न होकर सादा पाजामा। मौलाना साहब का रूप सदा ही भव्य रहा। बुढ़ापे में भी न रंग में कोई अन्तर पड़ा और न शरीर में दुबला या मोटापन आया। मूंछें और दाढ़ी भी वैसी की वैसी रहीं जैसी मैंने पहले दिन देखी थीं। हां, बाल धीरे-धीरे सफेद हो गए जो स्वाभाविक ही था। वेशभूषा में एक बहुत बड़ा अन्तर अवश्य हुआ। गांधी टोपी के

स्थान पर ऊंची काली टोपी आ गई, जो उनकी विशाल पेशानी को ढांके रहती थी।

मौलाना आज़ाद का नाम मैंने उनके चित्र को तथा उनको स्वयं को देखने के पहले भी सुना था। वह उनके उर्दू के 'अलहिलाल' साप्ताहिक पत्र के कारण। परन्तु मैंने उनका नाम ही सुना था। उर्दू भाषा जानने पर भी मैं उर्दू लिपि नहीं जानता था अतः मैंने उनके पत्र को नहीं पढ़ा था। इस कारण मुझपर उनकी विद्वत्ता का कोई खास असर नहीं था। फिर उस समय अंग्रेज़ी का ऐसा दौरदौरा था कि उर्दू और हिन्दी को पूछता ही कौन था ? जो अंग्रेज़ी नहीं नहीं जानते थे वे अर्द्धशिक्षित माने जाते थे। मौलाना आज़ाद भी उनमें अपवाद नहीं थे। जब वे 1923 में कांग्रेस के दिल्ली के विशेष अधिवेशन के सभापति चुने गए उस समय भी अधिकांश लोग उन्हें अर्द्धशिक्षित ही मानते थे और कहा करते थे कि मुसलमान होने की वजह से उन्हें कांग्रेस का सभापतित्व प्राप्त हुआ है। अंग्रेजी भाषा का उन्हें ज्ञान न होने के कारण कुछ लोगों ने तो उनका कांग्रेस के सभापति-पद पर चुने जाने का भी विरोध किया था। मुझपर मौलाना साहब का जो असर पड़ा उनके साहित्य के कारण नहीं वरन् उनकी वक्तृत्व-कला के कारण। मेरे मत से उस काल में ही नहीं मौलाना साहब के जीवन की अन्तिम घड़ी तक उनसे अधिक प्रभावशाली उर्दू भाषा का कोई वक्ता नहीं था।

आधुनिक भारत के महान व्यक्तित्वों में मौलाना अबुलकलाम आज़ाद का भी एक व्यक्तित्व था, इसमें किसी प्रकार के भी सन्देह की गुंजाइश नहीं है। प्रधान रूप से वे विचारक थे। ऐसे विचारक तो वे नहीं थे जो केवल विचार ही किया करते हैं, और विचार के अनुरूप कृति करने की उनमें कोई क्षमता नहीं रहती तथापि कर्मठता की अपेक्षा मौलाना का व्यक्तित्व विचार प्रधान था।

भारतीय स्वातन्त्र्य के आन्दोलन में उन्होंने अपने को पूर्ण रीति से अर्पण कर दिया था। और इस कार्य के लिए उन्होंने जिस संस्था में प्रवेश किया आखिरी दम तक वे उसी संस्था में रहे। उनके विचारों में भी कोई अन्तर नहीं पड़ा। जिन विचारों को लेकर उन्होंने सार्वजनिक जीवन में प्रवेश किया अन्त तक उनके वे ही विचार रहे।

मौलाना आज़ाद के व्यक्तित्व में शाहीपन भी पराकाष्ठा को पहुंचा हुआ था। उनके स्वरूप, वेशभूषा, चाल-ढाल, बातचीत सभीसे यह शाही ढंग टपकता था। उनके व्यक्तित्व के इस रुख ने यद्यपि उनके व्यक्तित्व को महानता प्रदान की थी तथापि इस महानता के साथ ही यह उनमें आरामतलबी भी लाया था और जहां तक देश का सम्बन्ध है, देश को तो उनके व्यक्तित्व के इस रुख ने काफी हानि पहुंचाई। इसी गुण या दोष के कारण वे जनता के आदमी नहीं हो सके। जनता को प्रभावित करने पर भी जनता की और उनकी एक विशेष प्रकार की दूरी सदा रही। जिस समय मौलाना शौकतअली और मुहम्मदअली कांग्रेस से पृथक् हुए और मौलाना मुहम्मदअली की मृत्यु के पश्चात् श्री जिन्ना का पुनः अभ्युदय हुआ उस समय मौलाना आज़ाद का ही कांग्रेस और देश में एकमात्र ऐसा व्यक्तित्व था जो यदि जनता से निकट सम्पर्क रखनेवाला व्यक्तित्व होता तो देश की मुस्लिम जनता को इस तरह न बहकने देता जैसी वह बहकी। श्री जिन्ना भी जनता के आदमी नहीं थे, परन्तु एक बार जब मुस्लिम जनता बहकी और उस समय के मुसलमानों के प्रधान नेता मौलाना मुहम्मदअली उस बहक के प्रधान कारण हुए तब मौलाना मुहम्मद अली की मृत्यु के पश्चात् मुसलमानों को किसी न किसी सम्प्रदायवादी नेता की ज़रूरत पड़ी। यह नेतृत्व उसे श्री जिन्ना में मिल गया और श्री जिन्ना चाहे जनता के व्यक्ति न रहे हों पर मुस्लिम जनता की इस बहक का उन्होंने फायदा उठाया।

मौलाना आज़ाद सच्चे राष्ट्रवादी मुस्लिम थे। जो लोग उन पर सम्प्रदायवादी होने का दोष लगाते हैं, वे सच्ची वस्तुस्थिति न समझने के कारण ही यह गलती करते हैं। इस देश में मुसलमानों का अल्पमत है। जिन समुदायों का अल्पमत रहता है उनमें अपने हकों की रक्षा की प्रवृत्ति होती ही है। फिर मुसलमानों में यह प्रवृत्ति उनके धर्म-प्रेम के कारण कुछ अधिक है। अतः यदि मौलाना मुसलमानों के हकों के रक्षक न होते तो मुस्लिम समुदाय से बिलकुल ही हट गए होते और जितने अधिक मुसलमानों को वे राष्ट्रीय पक्ष में खींचने में समर्थ हो सके उतने भी न हो पाते।

भारत में मौलाना आज़ाद को जो स्थान प्राप्त हुआ इसका कारण उनका विचारक होना तथा उनकी कलम और ज़बान दोनों में ही ज़ोर होना तो है ही साथ ही उनका इस्लाम का कट्टर अनुयायी होते हुए सम्पूर्ण रीति से राष्ट्रवादी तथा भारतीय स्वातंत्र्य के अग्रगण्य नेताओं में एक होना है। फिर जैसा ऊपर कहा गया है, वे एक ही संस्था में रहे और उस संस्था में रहते हुए उन्होंने इस काल के युगपुरुष गांधीजी का अनुसरण किया। जब मुसलमानों और हिन्दुओं दोनों में ही अनेक नेता पथ-विचलित हुए उस समय भी मौलाना आज़ाद अन्त तक जहां थे वहीं और जिसके साथ वे थे उसीके साथ डटे रहे। इस सम्बन्ध में उन्होंने अनेक अवसरों पर अपना विरोध तथा अपमान तक अपने शाही मिज़ाज होते हुए भी सहन किया। ऐसे पुरुष का अन्तर्राष्ट्रीय महत्त्व होना भी स्वाभाविक था। हां, मौलाना आज़ाद का यह अन्तर्राष्ट्रीय महत्त्व बहुत दूर तक मुस्लिम देशों तक ही सीमित रहा।

मौलाना साहब से सन् '26 से ही मेरा व्यक्तिगत सम्बन्ध रहा है। जब से वे भारत के शिक्षामन्त्री हुए तब से तो यह संबंध और निकट का हो गया। मैंने संसद में हिन्दी को प्रोत्साहन देने के लिए जो संसदीय

हिन्दी परिषद् नाम की एक संस्था स्थापित की है उसके सभापति के नाते मुझे अनेक बार उनसे सम्पर्क का मौका आया। इस संस्था को उनसे सदा प्रोत्साहन मिला। इसके आरम्भिक वर्ष में तो उन्होंने इसे पन्द्रह हज़ार रुपये का अनुदान तक दिया और इसके कई कार्यक्रमों में भाग लिया। परन्तु मौलाना साहब से मेरा जो भी सम्बन्ध रहा उसमें अधिकतर उनके परामर्शों का ही स्थान रहा। आज उनकी सम्मतियों को जो इतना महत्त्व दिया जा रहा है वह कितना सत्य है यह अपने व्यक्तिगत अनुभवों के आधार पर भी मैं जानता हूं। इस गांधी-युग में विचार कर अत्यधिक मुल्यवान परामर्श शायद मौलाना आज़ाद से अधिक और कोई व्यक्ति नहीं दे सकता था।

श्रीमती सरोजनी नाइडू

गौरवर्ण और सौन्दर्य से बहुत अधिक सम्बन्ध नहीं है इसका एक प्रमाण श्रीमती सरोजनी नाइडू थीं। यह तो मुझे आज याद नहीं है कि मैंने उन्हें सर्वप्रथम कब देखा था, परन्तु जब मैंने उन्हें देखा था तब वे वृद्धा ही नहीं सर्वथा प्रौढ़ा भी नहीं हुई थीं। उनका वर्ण श्याम नहीं था, पर गौर कदापि नहीं, गेहुआं भी उजला नहीं सांवली ओर। बंगदेश के कमलदल-लोचन मुखमण्डल के अन्य सुडौल अवयव और ऊंचे-पूरे ढले हुए से (उस समय वे न मोटी थीं और न दुबली) शरीर ने उनके सांवले होते हुए भी उन्हें अत्यधिक आकर्षक बना दिया था। फिर रूप के आकर्षण के अतिरिक्त उनका सांस्कृतिक आकर्षण कहीं अधिक था। और इस आकर्षण को उनकी सुन्दर वेशभूषा और अधिक बढ़ा देती थी। खादी के वस्त्र धारण करने के पूर्व ही उनकी पोशाक बेशकीमती नहीं होती थी पर खादी के वस्त्र धारण करने के बाद भी उनकी पोशाक में जिस खादी का उपयोग होता था वह अपने समय की सबसे अधिक मूल्यवान खादी रहती थी। बड़ी अच्छी साड़ी सुचारु ढंग से पहनी हुई, यह नहीं कि पल्ला कहीं जा रहा है और पटली कहीं, बड़े अच्छे काट का बहुत अच्छी तरह सिला हुआ सलूका, कानों में लम्बे इयरिंग, गले में हार, हाथों में चूड़ियां। आभूषण धारण करना उन्होंने वृद्धावस्था तक भी नहीं छोड़ा। फिर इस आकर्षण को मुखरित करती थी उनकी अत्यधिक मधुर वाणी। जब वे किसी सार्वजनिक आयोजन में भाषण देती थीं उस समय उनके मधुर स्वर में उनका गद्य काव्यमय भाषण तो रसविभोर

कर चित्त में एक अद्‌भुत प्रकार की तल्लीनता को उत्पन्न करता था। उनके भाषण में चाहे तर्क और जिन बातों का तर्क से सम्बन्ध रहता है वे बहुत अधिक न हों, परन्तु कहां निगोड़ी तर्क और कहां वह दिव्य रस का प्रवाह। श्रीमती एनी बिसेण्ट उस काल की सर्वश्रेष्ठ वक्ता मानी जाती थीं। अंग्रेज़ी में जिसे ओरेटरी (Oretory) कहते हैं वह श्रीमती एनी बिसेण्ट के भाषण में रहती थी। इस काल की वे शायद सबसे महान ओरेटर (Oretor) थीं। मैंने श्रीमती एनी बिसेण्ट और श्रीमती सरोजनी नाइडू दोनों के भाषण सुने हैं। श्रीमती एनी बिसेण्ट के भाषण की ओरेटरी भी श्रीमती नाइडू के भाषण में थी चाहे उतनी हद तक न हो, परन्तु जो काव्य श्रीमती सरोजनी के भाषण में था वह एनी बिसेण्ट के भाषण में नहीं। श्रीमती सरोजनी नाइडू को जो कांग्रेस मंच की कोकिला की उपाधि दी गई थी वह अनुचित थी यह मैं नहीं कहता, परन्तु कोकिल के मधुर शब्द में विविधता कहां ? वह तो 'कुहू-कुहू' एक ही रटवाला शब्द रहता है। श्रीमती नाइडू के स्वर में कोकिला का माधुर्य था और जो विविधता मानव-बोली में ही सम्भव है, वह विविधता थी।

श्रीमती सरोजनी नाइड महान देशभक्त थीं। इसीलिए देश को जिस संस्था ने स्वतन्त्र कराया उस कांग्रेस से उनका निकटतम सम्बन्ध रहा। देश और देश के बाहर भी उन्होंने भारत की कीर्ति की पताका फहराई। बाद में तो वे मातास्वरूपिणी हो गई थीं, पर आरम्भ में तो भारतमाता की पुत्री अथवा पतोहू कही जा सकती थीं। उनका बाह्य और अन्तर दोनों काव्यमय थे। वे अच्छी कवयित्री भी थीं। उनके काव्य और भाषण की अपील मानव-मन के शून्याकाश में स्पन्दन उत्पन्न करती थी। किसी महान कृति को कर डालने की प्यास को पैदा करती थी। किसी महान कृति के लिए मर मिटने की अभिलाषा को जागृत करती थी। यह जागरण इस प्रकार की ज्वालाओं को प्रज्ज्वलित करता था

कि निम्नकोटि की लालसाएं, वासनाएं उन ज्वालाओं में भस्म हो जाती थीं। फि वे ऐसी कलाकार थीं जिनका कथन आज्ञावत् माना जाता था। वे भावनाओं, केवल भावनाओं का मूर्तिमन्त रूप थीं। और वे भावनाएं भी कैसी थीं—उच्च, उच्चतम। भावनाओं से विहीन उनका अस्तित्व ही नहीं था। कितने व्यक्तियों, कितने समुदायों को उनकी इन भावनाओं ने उभारा।

परन्तु, श्रीमती सरोजनी नाइडू का मिलान प्राचीन काल की राजपूत वीरांगनाओं अथवा महारानी दुर्गावती या रानी लक्ष्मीबाई अथवा फ्रांस की जोन अफ आर्क के समान वीर बालाओं से नहीं किया जा सकता। इन सब नारियों में एक प्रकार का नरत्व भी था वह श्रीमती सरोजनी नाइडू में नहीं। उस वृत्ति में जो एक प्रकार की क्रूरता रहती है उससे श्रीमती नाइडू सर्वथा रहित थीं। इसीलिए हर प्रकार की कठोरता से रहित होने के कारण वे शायद सशस्त्र युद्ध के लिए उपयुक्त नहीं थीं, पर हर प्रकार की क्रूरता और कठोरता से रहित किसीको भी घृणा न करनेवाले, सबसे प्रेम करते हुए अपने उद्देश्य के लिए अपने को उत्सर्ग कर देनेवाले गांधीजी के अहिंसात्मक सत्याग्रह के लिए वे सर्वथा उपयुक्त थीं। लेकिन इसीके साथ एक बात और—उनमें सत्याग्रह के सदृश किसी युद्ध को स्वयं संगठित करने अथवा छेड़ने की भी शक्ति नहीं थी। वे ऐसी नेता थीं जो किसी महान नेता की छत्र-छाया में उस नेता के आदर्शों और आदेशों को जनसमुदाय को समझाकर उसे कृति के लिए प्रेरित करता है। और यह प्रेरणा, जैसा ऊपर कहा गया है, श्रीमती सरोजनी नाइडू ने भावनामय माध्यम से दी।

गांधी-युग में अन्य किसी पुरुष या महिला से जनसमुदाय को इस प्रकार की प्रेरणा प्राप्त नहीं हुई।

डाक्टर राधाकृष्णन

ऋषि-महर्षियों के बाह्य वर्णन के सदृश न दीखते हुए भी श्री सर्वपल्ली राधाकृष्णन का अन्तरंग ऋषि-महर्षियों के सदृश ही है। भारतीय ऋषि-महर्षियों की सबसे बड़ी विशेषता उनका दर्शन थी। पराधीन भारत का भी संसार में जो स्थान रहा वह उसके दर्शन के कारण। हमारा धर्म दर्शन की नींव पर स्थित है और हमारा सारा जीवन धर्म के अन्तर्गत आ जाता है। इसलिए ईसाइयों के रिलीजन और मुसलमानों के मज़हब शब्द धर्म शब्द के ठीक अनुवाद नहीं हैं। आधुनिक काल में हमारे इस दर्शन को पश्चिम में स्वामी रामतीर्थ ने एक विशिष्ट ढंग से प्रस्तुत किया। उसी श्रृंखला की श्री राधाकृष्णन एक सुन्दर और प्रभावशाली कड़ी हैं।

रंग गोरा, शरीर ऊंचा-पूरा और तगड़ा, आनन के सारे अवयव वृद्धावस्था में भी आकर्षक और ठीक ढंग की पोशाक। वे शेरवानी या अचकन नहीं पहनते, पर उनका कोट शेरवानी और अचकन से भी अधिक लम्बा रहता है। देश के बाहर वे पतलून पहनते हैं। पर देश में धोती। सिर पर सफेद मद्रासी ढंग की पगड़ी रहती है। उनके व्यक्तित्व का तो प्रभाव पड़ता ही है, पर सबसे अधिक प्रभाव पड़ता है उनके भाषण का। इस समय अंग्रेज़ी के वे सबसे महत्त्वपूर्ण भारतीय वक्ता हैं।

श्री राधाकृष्णन ने अपना जीवन शिक्षक के रूप में आरम्भ किया और वे यथार्थ में जीवन-भर शिक्षक ही रहे। आज वे भारत के राष्ट्रपति हैं, पर इस पद पर रहते हुए भी वे यथार्थ में शिक्षक ही हैं। मनुष्य इस सृष्टि का सबसे श्रेष्ठ प्राणी अपनी ज्ञानशक्ति के कारण है। समुद्र का चाहे ओर-छोर

हो, पर ज्ञान के सागर की कोई सीमा नहीं। इसीलिए सच्चा मानव सदा विद्यार्थी ही रहता है। श्री सर्वपल्ली ने अपना जीवन सौ रुपये माहवार पर एक साधारण शिक्षक के रूप में आरम्भ किया और धीरे-धीरे बढ़ते हुए वे उप-कुलपतियों के पदों तक पहुंचे। उन्होंने अल्पवयस्कों को पढ़ाया, युवकों को पढ़ाया और आज भी अपने भाषणों से पूर्व और पश्चिम की सर्वसाधारण जनता को पढ़ाने का ही प्रयत्न करते हैं। जो कुछ वे लिखते हैं वह सब शिक्षा देने की ही दृष्टि से, अतः यथार्थ में एक वाक्य में वे दार्शनिक शिक्षक हैं। एक जगह उन्होंने लिखा है—"हमें पक्षियों के सदृश हवा में उड़ना सिखाया जाता है, मछलियों के सदृश हमें पानी में तैरना सिखाया जाता है, परन्तु हम ज़मीन पर किस तरह रहें यह हम नहीं जानते।" ज़मीन पर हम किस तरह रहें इस सम्बन्ध में हाल ही में जब वे जबलपुर आए तब उन्होंने महाभारत के विष्णु सहस्रनाम स्तोत्र के ध्यान-सम्बन्धी एक श्लोक का एक चरण कहा था, वह था—"शान्ताकारं भूजंगशयनम्।" जीवन को किस प्रकार चलाया जाए इस सम्बन्ध में हमारे धर्मशास्त्र भरे पड़े हैं। इस विषय की बड़ी-बड़ी व्याख्याएं हैं। परन्तु शायद 'शान्ताकारं भुजंगशयनम्' से अधिक सुन्दर और संक्षिप्त सूत्र के समान अन्य व्याख्या मिलना कठिन है। इस व्याख्या का अर्थ यह होता है कि 'जीवन विषधर भुजंग के सदृश है पर ऐसे भुजंग पर भी शान्त मुद्रा से शयन करना चाहिए।'

जब भारत पराधीन था उस समय भी श्री राधाकृष्णन का हमारे देश और संसार में एक विशिष्ट स्थान था। ब्रिटिश शासन के भी वे एक पदवीधारी थे। नाइट अर्थात् सर की उपाधि से विभूषित, और स्वतन्त्र भारत में भी उनका एक विशिष्ट स्थान हो गया। आजकल वे भारत के राष्ट्रपति हैं। इसीलिए कई लोग नाकभौं सिकोड़कर कहा करते हैं, "पराधीन भारत में जो व्यक्ति विदेशी सरकार का विश्वासपात्र रहा उसका स्वतन्त्र भारत में इतना बड़ा स्थान कैसे ?" परन्तु ऐसे लोग भूल

जाते हैं कि मनुष्यों में प्रायः दो प्रकार के व्यक्ति रहते हैं—एक विचारक और दूसरे कर्मठ। एक ही व्यक्ति में दोनों बातों का समावेश क्वचित् ही होता है। श्री सर्वपल्ली विचारक हैं, कर्मठ नहीं। यदि उनमें दोनों बातों का समावेश हो जाता तो सोने में सुगन्ध की कहावत चरितार्थ होती। फिर इस बात को भी तो विस्मृत नहीं किया जा सकता कि पराधीन और स्वाधीन दोनों ही भारत का उन्होंने अपने लेखन और भाषण द्वारा संसार में सम्मान बढ़ाया है। श्री सी० ई० एम० जोड सदृश प्रसिद्ध पश्चिमी दार्शनिक लिखते हैं, "राधाकृष्णन अपने विचारों को इस शक्ति के साथ उपस्थित करते हैं कि उनके विचारों से मतभेद रखनेवाला भी यह पूर्ण रीति से समझ नहीं पाता कि वह उनसे किस बात में सहमत है और किस में असहमत।" विरल भारतीय ही संसार में भारत का इस प्रकार सम्मान बढ़ाने में सफल हो सके हैं जिस प्रकार कि राधाकृष्णन।

वे बड़े व्यवहारकुशल भी हैं और अत्यन्त मृदुभाषी। एक बार भी जो उनसे मिला है वह उन्हें भूल नहीं पाता और मेरा तो इन दिनों उनसे बड़ा घनिष्ठ सम्बन्ध रहा है। मैं उनका कृपापात्र और स्नेहभाजन रहा हूं। मेरे जिस साहित्य का अंग्रेज़ी में अनुवाद हुआ है उसे उन्होंने बड़े ध्यान से देखने की कृपा की है। मेरे उपन्यास 'इन्दुमती' के सम्बन्ध में उन्होंने एक वाक्य में ही जो कुछ लिखा है उससे ज्ञात होता है कि बड़ी से बड़ी बातों को संक्षिप्त से संक्षिप्त रूप में वे किस प्रकार प्रस्तुत कर देते हैं। इस एक हज़ार पृष्ठ के उपन्यास की व्याख्या उन्होंने जिन वाक्यों में की है उनमें से एक को अंग्रेज़ी में होते हुए भी यहां जैसा का तैसा उद्धृत करता हूं—

"It mirrors our social and political life with great ability and vast learning." —S. RADHAKRISHNAN

•••